KB142597

수학상담실,

연산을 부탁해

수학상담실, 연산을 부탁해

청소년 수학소설 십대를 위한 힐링캠프, 연산(초등고학년)

[십대들의 힐링캠프®] 시리즈 NO.64

지은이 | 조욱
발행인 | 김경아

2023년 6월 1일 1판 1쇄 인쇄
2023년 6월 6일 1판 1쇄 발행

이 책을 만든 사람들
책임 기획 | 김경아
기획 | 김효정
북 디자인 | KHJ북디자인
표지 삽화 | 캐롤마인드
경영 지원 | 홍종남
기획 어시스턴트 | 홍정훈, 한선민, 박승아
제목 | 구산책이름연구소
책임 교정 | 김윤지
교정 | 이홍림, 주경숙

이 책을 함께 만든 사람들
종이 | 제이피씨 정동수 · 정충엽
제작 및 인쇄 | 천일문화사 유재상

청소년 기획위원
정가인, 양태훈, 양재욱

펴낸곳 | 행복한나무
출판등록 | 2007년 3월 7일. 제 2007-5호
주소 | 경기도 남양주시 도농로 34, 301동 301호(다산동, 플루리움)
전화 | 02) 322-3856 팩스 | 02) 322-3857
홈페이지 | www.ihappytree.com | bit.ly/happytree2007
도서 문의(출판사 e-mail) | e21chope@daum.net
내용 문의(지은이 e-mail) | whdnr629@naver.com
※ 이 책을 읽다가 궁금한 점이 있을 때는 지은이 e-mail을 이용해 주세요.

ISBN 979-11-88758-65-4
"행복한나무" 도서번호 : 166

※ [십대들의 힐링캠프®] 시리즈는 "행복한나무" 출판사의 청소년 브랜드입니다.

수학상담실, 연산을 부탁해

| 조욱 지음 |

| 프롤로그 |

또 수학 시간이야?

1교시부터 교실에는 묘한 긴장감이 흐르고 있다.

지난주 본 수행평가지가 선생님 손에 들려 있었기 때문이다.

"아, 떨려. 이번에 단원평가 다 맞으면 아빠가 선물 사 준다고 하셨는데."

"너 지난 단원평가에서 한 개 틀리지 않았어? 그것도 실수로 틀렸다며? 그럼 이번에는 백 점 맞는 거 쉽겠네. 우리 집은 3학년부터 수학 시험지 보여 달라는 말씀을 안 하셔. 보면 속 터진다고 말이야."

지민이가 한 말에 홍주가 입을 삐죽거리며 말했다.

조용하던 교실에 홍주가 한 말이 유난히 크게 들렸다.

선생님은 홍주와 지민이가 있는 쪽을 쳐다보고는 웃으며 말했다.

"선생님도 홍주가 수학 단원평가 본 거 채점하면서 속이 터질 뻔했는데 부모님은 오죽하시겠니?"

"얼마나 속 터지는 점수인지 궁금하니까 빨리 나눠 주세요."

홍주의 말에 조용하던 교실이 아이들 웃음소리로 채워졌다.

선생님도 따라 웃으며 아이들의 이름을 부르기 시작했다.

이름이 호출된 아이들은 앞으로 나와서 평가지를 받아 자리로 돌아갔다.

평가지를 받아 든 아이들 표정은 점수에 따라 조금씩 달라졌다.

평가지를 본 홍주도 방금까지 선생님과 농담하던 표정은 사라지고 시무룩해져서는 터벅터벅 자리로 돌아가 앉았다.

"야호! 다 맞았다. 아빠한테 선물 뭐 사 달라고 할까?"

"지민이 넌 좋겠다. 난 이번 생은 글렀어."

홍주가 한숨을 쉬며 주변을 둘러보았다.

앞자리에 앉은 동혁이는 평가지를 확인하자마자 구기듯 접어 가방으로 집어넣었다.

홍주는 고개를 살짝 돌려 동혁이 점수를 훔쳐보았다.

'20점!'

"20점이나 25점이나……. 휴! 수학 때문에 불쌍해진 우리 인생, 참 쓰다. 수학 잘하는 비법 같은 거 없나?"

"그냥 기계처럼 문제 풀면 돼."

자기 점수와 별 차이가 없는 동혁이 점수를 보며 홍주가 혼잣말로 툭 내뱉은 말에 옆 분단에서 대답이 들려왔다.

건희였다.

건희는 0점 맞은 자기 평가지를 흔들고 있었다.

"아무것도 안 적는 게 기계처럼 푸는 거냐?"

"적어도 내가 지금까지 겪은 건 그랬어. 나는 기계처럼 살고 싶지 않아서 수학은 그만두기로 했지."

“아주 쿨하다 쿨해. 너희 부모님도 우리 부모님 못지않게 속 많이 타시겠다. 하하.”

홍주가 한 말에 건희는 쓴웃음을 지으며 맞장구쳤다.

쉬는 시간이 끝나자 몇몇 친구가 교실 앞 선생님 자리로 나왔다.

선생님 자리 뒤 게시판에 걸려 있는 식단표를 보기 위해서다.

식단표 앞에는 쉬는 시간마다 아이들이 붐볐다.

“와우! 오늘 점심은 치즈 돈가스네. 두 개 달라고 해야지.”

홍주는 식단표 옆에 붙어 있는 주간학습안내표를 보았다.

혹시나 다음 시간이 체육 시간일까 설레는 마음을 안고 2교시를 확인하던 홍주와 아이들 틈으로 동혁이가 고개를 쑤욱 집어넣었다.

‘2교시 수학’

동혁이는 마음 깊숙한 곳에서 끄집어 올린 한숨과 함께 말했다.

"어? 뭐야, 다음 시간 또 수학이야?"

"수학을 하루에 두 시간이나 하다니 이건 우리를 두 번 죽이는 거지."

옆에서 믿기지 않는다는 듯 두 손으로 머리를 감싸 쥐고 있던 홍주가 맞장구쳤다.

"수학 세 시간 하기 전에 빨리 자리에 앉을래?"

동혁이와 홍주는 깜짝 놀라 뒤를 돌아보았다.

선생님이 허리춤에 손을 올리고 동혁이와 홍주를 빤히 보고 있었다.

"앗, 깜짝이야. 선생님, 놀랬잖아요. 선생님 너무하신 거 아니에요? 수학을 두 시간 하는 법이 어디 있어요? 저거 잘못 적으신 거죠? 네?"

홍주는 이대로는 자리로 못 들어가겠다는 듯 선생님 앞에 버티고 섰다.

선생님은 홍주의 행동이 귀여웠는지 놀라는 척하며 뒤로 물러났다.

그리고 이내 목소리를 부드럽게 가다듬고는 홍주를 달래듯 말했다.

“오늘 수학 시간에 열심히 들으면 빨리 끝내고 눈치 게임 한 판 하자. 콜?”

“히잉, 진짜죠? 꼭 약속 지키셔야 해요.”

눈치 게임을 좋아하는 홍주는 아쉬운 마음을 삼키며 자리로 돌아갔다.

동혁이는 아까부터 자리에 가 있었다.

동혁이는 자리로 돌아가는 홍주를 안경 사이로 힐끔 쳐다보았다.

홍주는 동혁이를 보며 주먹을 쥐고 때릴 듯이 겁을 주고는 자기 자리로 가서 앉았다.

자기를 도와주지 않고 혼자 가 버려 불만을 표시한 것처럼 보였다.

차례

1장

수학을 싫어하는 아이들

2장

수학상담실, 연산을 부탁해

수학

1장

수학을 싫어하는 아이들

1. 동혁이가 수학을 싫어하기로 한 이유

동혁이는 홍주처럼 선생님에게 하고 싶은 말을 다 하는 아이가 아니다.

동혁이가 수학을 못하는 이유이기도 하다.

수학 시간에 이해되지 않아도 동혁이는 질문하지 않았다.

질문함으로써 자기만 모른다는 것을 반 친구들에게 다 들키는 것 같았기 때문이다.

다른 친구들은 다 아는데 자기만 모른다는 것이 창피했다.

처음부터 수학이 싫었던 것은 아니다.

1학년 때는 수학이 쉬웠다.

수를 세고 읽는 것은 그리 어려운 일이 아니었다.

하지만 학년이 올라갈수록 수업 시간마다 한두 개 모르는 것이 생겨나더니 이제는 눈덩이처럼 불어났다.

문제는 어디서부터 잘못되었는지 모른다는 것이다.

무엇부터 공부해야 할지 모른다는 것이 가장 큰 고민이었다.

누구에게 도움을 받아야 하는지도 고민했다.

학교 선생님은 너무 바빠 보였고, 학원을 보내 달라고 하기에는 집이 가난했기 때문이다.

동혁이네 부모님은 분식집을 운영하시는데, 처음에는 장사가 곧잘 되었다.

동혁이네 분식집은 학교 앞 건물 1층이어서 하굣길에 친구들이 자주 들르는 곳이었다.

어릴 때는 친구들이 매일 튀김이랑 떡볶이를 먹을 수 있겠다며 부러워했다.

동혁이도 부모님이 분식집을 하시는 것이 좋았다. 그런데 학년이 올라갈수록 부모님이 분식집을 하시는 것이 싫어졌다.

3학년 때 바로 옆 건물 1층에 프랜차이즈 분식집이 들어서고 나서부터였다.

언제부터인가 친구들이 동혁이네 분식집과 프랜차이즈 분식집을 비교하기 시작했다.

처음에는 잘 몰랐지만 친구들이 프랜차이즈 분식집에 갔다 와서 서로 맛있다고 하는 이야기가 들릴 때마다 고개를 돌려 버렸다.

하굣길에 아이들은 동혁이네 분식집보다 프랜차이즈 분식집을 더 많이 가기 시작했다.

동혁이는 집에 있을 때면 장사가 잘 안 되어서 걱정이라는 부모님의 한숨 섞인 대화를 들어야 했다.

귀를 막고 싶었지만 온 신경은 부모님이 나누는 대화 쪽으로 향했다.

부모님이 나누는 대화가 싸움으로 끝나는 날이 많아졌다.

처음에는 가게 이야기로 시작해서 동혁이의 성적 이야기를 할 때면 언성이 높아졌다.

시작은 엄마였다.

학원을 보내서라도 공부를 시켜야 한다고 엄마가 말했다.

아빠는 엄마가 잠깐 집에 가서 동혁이를 봐 주면 되지 않느냐고 했다. 그럼 요리할 사람을 구할 것이냐, 직원을 구하려면 돈이 드는데 그럴 돈이 어디 있냐고 엄마가 소리를 지르자 아빠는 벌떡 일어나 문을 쾅 닫고 방으로 들어가 버렸다.

동혁이는 집에서 점점 말수가 줄었다.

학교가 끝나고 나면 친구들은 가기 싫은 학원에 가야 한다며 투덜댔다.

동혁이는 그런 친구들이 부러울 뿐이었다.

그렇다고 동혁이가 학원을 가고 싶어 미칠 지경은 아니다.

억지로라도 학원을 다니는 친구들이 수학 점수가 잘 나오니, 자신도 학원에 가면 수학을 잘할 수 있을 텐데 하는 아쉬움 때문에 부러울 뿐이다.

그것보다 동혁이는 엄마 아빠가 싸우지 않는 것이 더 중요하다.

수학 학원만 아니면 될 것 같다.

동혁이가 보기에 엄마 아빠가 싸우는 것은 항상 자신 때문인 것 같았다.

학원에 보내자는 엄마와 직접 봐 주라는 아빠, 그 중간에서 동혁이는 짜증만 날 뿐이다.

그래서 결심했다.

수학을 싫어하기로, 아예 수학 공부를 포기하기로 말이다.

수학을 싫어하면 잘하고 싶지도 않고 학원 때문에 엄마 아빠가 싸울 필요도 없다.

다른 과목 시간에 비해서 수학 시간에는 유난히 아이들이 조용하다.

선생님이 그 시간에 배울 개념을 설명하면 아이들은 문제를 풀기만 하면 되니까 말이다.

선생님은 그날 배울 개념을 가르쳐 주고 나면 항상 수학책 가장 마지막에 있는 한두 문제를 스스로 풀게 했다.

대부분 아이들은 어렵지 않게 문제를 풀었지만, 몇몇은 선생님이 돌아다니며 알려 주어야 했다.

물론 동혁이도 문제를 어려워하는 아이 중 한 명이었다.

하지만 선생님이 개인적으로 문제를 푸는 방법을 설명해도 어렵기는 마찬가지였다.

동혁이는 선생님이 하는 설명이 귀에 들어오지 않아 얼른 이 시간이 지나가기만 기다리고 있었다.

선생님도 그것을 느꼈는지 동혁이에게 무슨 말을 하려다 말고 옅은 한숨을 내쉬고는 다른 친구에게로 걸어갔다.

동혁이도 참았던 숨을 길게 내쉬었다.

동혁이에게 수학이란 것은 숨조차 제대로 쉴 수 없게 하는 답답한 과목이었다.

문득 이런 것을 언제까지 해야 하는지 생각했다.

'6학년, 중학교 3년, 고등학교 3년 하면 7년, 대학교에 가서는 안 하겠지? 그럼 적어도 7년은 해야 한다는 거네?'

생각만 해도 숨이 턱 막혔다.

역시 수학을 포기하기 잘했다!

2.

건희, 선행으로 수학 울렁증이 생긴 아이

건희는 선생님이 힘들어 하는 아이 중 한 명이다.

건희는 수학 시간에 아무것도 하지 않았기 때문이다.

유치원 때부터 초등학교 수학을 배웠다는 건희는 초등학교 1학년 때 구구단을 외웠다.

엄마한테 매일 구구단 검사를 받았고 학원도 매일 다녔다.

학원에서 학교 진도보다 1~2년 뒤 내용을 배웠으니 학교에서 배우는 수학은 시시했다.

수업 시간에 선생님이 설명할 때는 딴짓하고 있다가 풀라는 문제만 후딱 풀면 끝이니 그럴 만했다.

사건은 건희가 3학년 때 일어났다.

하루는 학원에서 분수의 곱셈 문제를 풀고 있을 때였다.

건희는 문득 이것을 왜 배워야 하는지 궁금했다.

선생님께 물어보려고 했지만 쓸데없는 말 한다고 잔소리를 들을까 봐 그만두었다.

고개를 들어 주변을 둘러보았다.

친구들은 모두 문제를 푸느라 고개를 숙이고 있었고 째깍대는 시계 소리와 사각거리는 연필 소리만 정적을 뚫고 선명하게 들려왔다.

친구들이 모두 문제를 푸는 기계처럼 보였다.

갑자기 숨이 막혀 왔다.

의자가 불편한 것도 아니었는데 가만히 앉아 있을 수가 없어 몸을 계속 비틀었다.

그러다 연필 소리가 점점 귀에서 울리는 듯하더니 갑자기 구역질이 올라왔다.

"우욱 읍!"

그 길로 화장실로 달려가 변기에 먹은 것을 전부 토해 냈다.

"건희야 괜찮니? 무슨 일 있니?"

돌아보니 뒤따라 들어온 선생님이 놀란 눈으로 건희를 바라보며 물었다.

건희는 안경을 벗고 토하며 나왔던 눈물, 콧물을 선생님이 건네준 휴지로 닦으며 고개를 가로저었다.

"저도 모르겠어요. 갑자기 속이 안 좋아서……."

"건희야, 수업할 수 있겠니? 집에 갈래?"

"네, 저 그냥 집에 갈래요."

건희는 다시 강의실로 들어가기 싫었다.

생각만으로도 다시 속이 메스꺼웠다.

선생님이 가져다준 가방을 받자마자 건희는 학원 건물을 도망치듯 빠져나왔다.

한여름의 더운 바람이 건희의 몸을 휘감아 돌고는 지나갔다.

학원 강의실 안 시원한 에어컨 바람과 달리 찌는 듯한 더위였지만 밖의 공기는 자유롭고 맑았다.

집으로 돌아온 건희에게 엄마가 처음으로 한 말은 "학원에서 내 준 수학 숙제는 다 하고 쉬어."였다.

그날 건희는 엄마에게 처음으로 소리를 질렀다.

건희는 이 모든 것이 수학 때문이라고 생각했다.

수학 시간만 되면 머리가 아팠다.

수학 시간에 아무것도 안 하기 시작했다.

선생님은 건희의 속사정을 알고 있었다.

5학년이 되고 처음으로 본 진단평가에서 건희는 수학평가답안

지에 아무것도 적지 않았다.

그 사실을 안 선생님이 건희를 불러서 상담했는데 건희는 그때 이렇게 말했다.

"수학 문제를 보기만 해도 숨이 막혀서요."

선생님은 그 뒤 건희의 엄마와 상담을 진행했고 건희가 괜찮아질 때까지 당분간 지켜보기로 했다.

3.
홍주, 수학은 내 머릿속의 지우개

선생님이 문제를 풀고 있는 아이들을 둘러보다 홍주가 앉아 있는 자리에 다다랐을 때다.

"선생님 이거 어떻게 푸는지 모르겠어요."

홍주가 말했다.

"너 딴청 부리고 있었지? 선생님이 가까이 오니까 갑자기 모르는 게 있다고 하는 걸 보니 말이야."

"어머, 선생님. 절 어떻게 보셨길래…… 그렇게 잘 아시나요?"

홍주의 애교 섞인 농담에 조용하던 교실 여기저기에서 웃음이 터져 나왔다.

목소리를 내리깔며 화난 척 연기하던 선생님도 웃으며 홍주에게 다시 알려 주었다.

홍주는 선생님의 설명에 알겠다는 듯 연신 고개를 끄덕였다.

홍주는 한 번 배우고 나서 문제를 풀면 금세 머릿속에서 지워 버리는 습관이 있었다.

그마저도 수업 시간에 딴청을 하면 제대로 진도를 따라가지 못해서 선생님이 자주 이름을 부르고는 했다.

그래도 홍주는 다른 친구들에 비해서 수학을 포기하려고 하지는 않았다.

가끔 수업 시간에 선생님이 설명한 뒤에 "이거 이해 안 가는 사람?"이라고 말할 때가 있다.

그럴 때마다 번쩍 손을 들고 다시 설명해 달라고 하는 사람은 홍주밖에 없었다.

선생님도 홍주가 질문할 때 이 말과 함께 싫은 기색 없이 잘 받아 주었다.

"홍주가 질문을 언제 하나 궁금했다. 으이구! 처음에 잘 들으라니까."

춤이라면 반에서 지민이, 미희와 더불어 세 손가락 안에 꼽히는 홍주지만 수학 시간만 되면 머릿속이 하얘졌다.

방금 들은 설명도 지우개로 지운 것처럼 기억나지 않는 것이 홍주도 신기했다.

한 번 본 아이돌 가수의 춤은 그 자리에서 바로 따라 출 수 있어서 춤꾼이라 불리는 홍주였기 때문이다.

홍주는 춤을 출 때 자신을 향한 아이들의 환호 소리를 들으면 자신만만해졌다.

꼭 세상의 주인공이 된 듯한 기분이었다.

하지만 수학 시간만 되면 바람 빠진 풍선처럼 자신감은 쪼그라들었다.

'지민이는 춤도 잘 추고 수학도 잘하는데…….'

홍주의 단짝 친구인 지민이는 춤도 잘 추고 수학도 잘했다.

지민이와 춤을 출 때는 꼭 한 몸인 것처럼 가까웠지만, 수학 시간만 되면 지민이가 가장 멀게 느껴지기도 했다.

홍주는 수학 시간만 되면 빛이 나는 지민이에게 질투가 났다.

친구에게 그런 마음이 들게 하는 수학이 싫었다.

"자, 조용. 선생님이 할 말이 있다."

수학 시간이 끝날 무렵 웅성거리는 아이들 소리를 뚫고 선생님의 낮은 목소리가 들려왔다.

선생님은 뭔가 중요한 말을 하려고 할 때면 목소리를 낮게 까는 습관이 있었다.

아이들은 얼른 자리를 고쳐 앉았다.

자기들이 떠들면 선생님이 말을 길게 해서 쉬는 시간이 짧아진다는 것을 본능적으로 알고 있었다.

"수학 싫어하는 사람 손 들어 봐."

선생님의 뜬금없는 말에 아이들은 주변을 살피며 머뭇거렸다.

"선생님이 수학 못하는 사람 물은 거 아니잖아. 부끄러워하지 말고 수학이 싫은 사람 손 들어 보라니까."

선생님 말에 가장 먼저 손을 든 사람은 건희였다.

잠시 뒤 동혁이와 홍주가 잇달아 손을 들었다.

그리고 몇몇 친구도 용기를 얻었는지 교실 여기저기에서 눈치 보던 아이들이 손을 들기 시작했다.

"음, 손 내려도 돼. 수업 끝. 쉬어라."

선생님은 더는 말을 잇지 않고 수업을 마쳤다.

아이들은 어리둥절했지만 이내 삼삼오오 모여서 교실이 다시 시끌벅적했다.

4.

수포자 구출 작전 시작

며칠 뒤 6교시가 끝나고 선생님이 세 친구의 이름을 부르며 말했다.

"동혁, 건희, 홍주는 수업 끝나고 선생님 좀 도와주고 가. 알았지?"

즐거운 마음으로 가방을 정리하던 세 명은 순간 당황해서 얼어붙었다.

선생님은 토끼 눈을 하고 보는 아이들의 시선을 못 본 척하며 책상 주변을 정리하고 있었다.

가장 먼저 말을 꺼낸 것은 역시나 홍주였다.

"선생님, 저 오늘 지민이랑 미희하고 같이 가기로 약속했는데요. 부족한 제가 도와드릴 일이 있을까요? 빨리 끝낼 수 있겠죠?"

책상을 정리하는 선생님 앞으로 가서 말을 쏟아 내는 홍주를 보고 선생님이 말했다.

"제발 질문은 한 개씩만 하자. 너희들이 협조만 잘하면 빨리 끝날 거야."

"선생님, 저희가 도와드릴 일이 뭐예요? 빨리하고 갈게요."

홍주와 선생님의 이야기를 가만히 엿듣고 있던 건희가 끼어들며 말했다.

"음, 잠깐만 기다려 봐."

선생님은 나머지 아이들이 교실을 빠져나갈 때까지 기다려 세 친구를 불렀다.

"의자 가지고 나와서 앉아 봐."

선생님 말에 세 친구는 어리둥절해 하며 의자를 가지고 나와서 선생님 앞에 앉았다.

"애들아, 선생님이랑 수학 공부해 볼래?"

"네?"

세 친구가 동시에 놀라며 대답했다.

역시 가장 먼저 말을 꺼낸 것은 홍주였다.

"선생님, 전 친구들이랑 놀 시간도 부족해요. 그리고 수학을 배운다고 제 삶에 얼마나 도움이 되겠어요? 전 수학으로 먹고 살 생각 없거든요."

홍주의 말이 끝나자마자 건희도 말을 이었다.

"선생님, 전 예전에 학원에서 6학년 진도까지 다 배웠는데요. 왜 이걸 배워야 하는지 모르겠어요. 학원에서는 그냥 문제 푸는 방식만 배웠어요. 그 방법대로 문제만 풀면 된대요. 그렇게 수학을 배우고 저는 로봇처럼 문제를 풀고 있는 게 너무 힘들었어요. 수학 문제만 봐도 머리가 깨질 듯이 아파요. 저도 빠지면 안 될까요?"

선생님은 홍주와 건희의 이야기를 듣고 나서 아이들의 대답을 예상이라도 한 것처럼 고개를 끄덕이며 동혁이를 보고 물어보았다.

"음, 동혁이는 어때?"

"저는 한번 해 보고 싶어요. 저도 수학이 싫어요. 수학이 싫은 이유가 어려운 게 많아서인데요. 잘 따라갈 수 있을까 걱정되기도 해요. 그리고 어디부터 공부해야 할지, 제가 뭘 모르는지도 잘 모르겠어요."

"오케이, 동혁아 그런 문제라면 선생님한테 맡기면 돼. 동혁이는 패스고 홍주랑 건희만 남았네."

선생님은 동혁이의 어깨를 다독이며 홍주랑 건희에게 눈길을 돌렸다. 아까와는 다르게 선생님 목소리가 부드러웠다.

“알아, 너희가 수학을 싫어하는 거. 너희들이 한 말들은 아이들이 수학을 싫어할 만한 이유이기도 하고 말이야. 그건 선생님을 포함해서 어른이 잘못한 거니까 선생님이 대신 사과할게. 근데 한 가지 너희한테 꼭 해 주고 싶은 말이 있어.”

선생님이 한 말에 고개를 숙이고 있던 홍주와 동혁, 건희까지 고개를 들고 선생님을 바라보았다.

“선생님도 어릴 때 나눗셈을 정말 못했어. 나눗셈을 못하는 선생님을 어머니께서 학원을 보내신 거야. 선생님은 학원에 가면 나눗셈을 잘하게 될 줄 알았지. 그런데 학원에서는 계속 나눗셈 문제만 풀게 하는 거야. 나눗셈 푸는 방법만 알려 주었던 거지. 선생님은 그게 궁금하지 않았어. 나눗셈을 왜 해야 하는지, 왜 이런 방법으로 풀어야 하는지 궁금했던 거야. 어쨌든 나눗셈 문제를 많이 푸니까 풀 줄은 아는데 마음 한구석이 뭔가 채워지지 않더라. 그래서 수학을 싫어했어.”

“그래서요?”

아이들은 선생님 이야기에 집중했는지 다음에 이어질 이야기를 기다리는 눈치다.

“선생님 어릴 적 꿈이 뭐였는지 아니?”

“뭐였는데요?”

건희가 물었다.

"선생님!"

"어, 꿈을 이뤘네요? 그런데 이 이야기와 무슨 관련이 있어요?"

이번에는 홍주가 물었다.

"나중에 선생님이 되면 나처럼 수학을 싫어하는 아이들에게 수학을 제대로 가르쳐 주고 싶었어."

"그래서요?"

이번에는 말없이 듣고 있던 동혁이가 물었다.

"나눗셈을 왜 이렇게 풀어야 하는지, 나눗셈을 왜 해야 하는지 열심히 공부했지. 선생님 같은 아이들에게 수학을 가르쳐 주려고 말이야."

"그럼 선생님의 꿈을 이루려면 우리가 수학 보충 수업을 해야 하겠네요. 그리고 결과도 좋아야 하고요."

홍주가 비꼬듯이 말했다.

선생님은 홍주의 말에 웃으며 말했다.

"선생님에게 한 번만 기회를 줘라. 응? 그 대신 선생님에게 배우고도 수학이 싫으면 선생님이 맛있는 거 사 줄게."

"콜, 좋아요. 그 대신 약속 깨기 없기예요."

홍주는 결심한 듯 대답했다.

건희는 아직 고민되는 듯 쉽게 대답하지 못하고 머뭇거렸다.

"건희는 아직 고민되나 보구나. 부모님과 상의해 보고 결정해도 돼. 이번 주까지 알려 줄 수 있지?"

"네, 더 생각해 보고 결정할게요."

"그래. 그럼 이만 일어나자. 홍주는 지민이랑 미희가 기다리고 있을 텐데 얼른 나가 봐. 홍주랑 동혁이는 부모님 동의가 필요하니까 부모님께도 꼭 말씀드려야 한다. 알겠지?"

"네, 안녕히 계세요."

동혁이랑 홍주와는 다르게 건희는 발걸음이 무겁게 느껴졌다.

선생님은 터벅터벅 마지막으로 교실 문을 나서는 건희를 불러 세웠다.

"건희야."

"네."

건희가 천천히 뒤를 돌아보았다.

선생님은 건희 앞으로 성큼성큼 걸어왔다. 그러고는 허리를 굽혀 건희 눈을 보며 말했다.

"수학을 싫어하겠다고 너 스스로 답을 미리 정해 버리지는 마. 힘들잖아. 그까짓 수학이 뭐라고 건희 네가 힘들어야 하니? 수학에는 하나의 답이 있지만, 그 답을 찾아가는 방법은 사람마다 다른 거야. 가끔은 방법이 틀릴 수도 있겠지. 누군가가 방법을 잘못 가르쳐 줄 수도 있어. 그렇다고 포기해 버리면 너무 아깝잖아. 선생님은 건희 네가 쉽게 포기하지 않았으면 좋겠어. 잘 생각해 봐."

"음……. 네, 안녕히 계세요."

선생님 말에 건희는 잠깐 멈칫하더니 아까보다 조금 더 커진 목소리로 대답하고는 교실 문을 나섰다.

★

"다녀왔습니다……."

"네, 감사합니다. 선생님."

현관문을 열고 집으로 들어온 건희는 인사하다가 말끝을 흐렸다.

엄마는 선생님과 통화하다 건희가 들어오자 급하게 끊는 것 같았다.

건희는 엄마가 부를까 봐 방으로 바로 들어갔다.

엄마는 건희를 따라 방으로 들어와 침대에 걸터앉으며 말했다.

"건희야. 방금 선생님이랑 통화했는데, 선생님이 넌 꼭 이 수업 들으면 좋겠다고 하시더라. 어떻게 하면 좋겠어?"

"좀 더 생각해 볼게요. 엄마, 있다가 말하면 안 돼?"

"그래. 그럼 생각해 보고 이야기해 줘."

방을 나가는 엄마 뒤로 한숨이 들려왔다.

엄마는 학원에서 있었던 일 이후로 자주 건희의 눈치를 보았다.

학교 선생님도 학기 초에는 수학 시간에 아무것도 하지 않는 건희를 보고 혼냈지만, 엄마와 상담을 하고 난 뒤에 더는 뭐라고 하지 않았다.

그 이후부터 건희에게 수학 시간은 자유 시간이었다.

하지만 건희의 마음 한구석에서는 계속 불편한 감정이 생겼다.

침대에 걸터앉아 있던 건희는 두 팔을 벌리고 뒤로 벌러덩 누워 버렸다.

문득 교실에서 나올 때 선생님이 했던 말이 생각났다.

'수학을 싫어하겠다고 너 스스로 답을 미리 정해 버리지는 마. 힘들잖아. 그까짓 수학이 뭐라고 건희 네가 힘들어야 하니? 수학에는 하나의 답이 있지만, 그 답을 찾아가는 방법은 사람마다 다른 거야. 가끔은 방법이 틀릴 수도 있겠지. 누군가가 방법을 잘못 가르쳐 줄 수도 있어. 그렇다고 포기해 버리면 너무 아깝잖아. 선생님은 건희 네가 쉽게 포기하지 않았으면 좋겠어. 잘 생각해 봐.'

"그까짓 수학이 뭐라고……."

건희는 이 말과 함께 침대에서 벌떡 일어나 엄마를 불렀다.

"엄마."

"왜? 무슨 일 있어?"

엄마는 건희 방문을 열고 들어오며 걱정스런 얼굴로 물었다.

"저 수학 수업해 볼래요. 동의서 써 주세요."

"그래. 잘 생각했어, 아들."

"수업 끝나고 홍주, 동혁, 건희는 선생님 보고 가."

며칠 뒤, 수업이 끝나고 선생님은 세 친구를 남겼다.

아이들이 다 나간 교실에서 세 친구는 쭈뼛거리며 자리에 앉아 있었다.

"셋이 다 수학 수업을 하기로 결정했다. 좋지? 혼자 하는 것보다 낫잖아."

선생님이 칠판을 지우고 나서 돌아보며 말했다.

"아니…… 네."

"이 대답은 무슨 의미지?"

아이들의 체념한 듯한 대답에 선생님은 웃었다.

"오늘은 첫 시간이니까 너희들에게 질문을 하나 해 볼게. 얘들아, 무엇을 배우기 전에 가장 중요한 것이 뭘까?"

아이들은 뜻밖의 질문에 습관처럼 고개를 숙였다.

선생님은 아이들의 모습을 예상했다는 듯이 이어서 말했다.

"선생님은 무엇을 배우기 전에 가장 중요한 것은 내가 무엇을 모르는지 아는 거라고 생각해. 내가 무엇을 모르는지 모르면 무엇을 배워야 하는지를 알 수 없거든. 그래서 오늘은 선생님이 칠판에 문제를 적어 볼 테니까 한번 풀어 보자."

선생님 말이 끝나자 아이들은 주섬주섬 종합장과 연필을 꺼냈다.

그리고 선생님이 칠판에 적는 문제를 따라 적기 시작했다.

4학년 때 배운 세 자리 수와 두 자리 수의 곱셈과 나눗셈 문제다.

5학년인 아이들이 충분히 풀 수 있는 문제다.

① $$\begin{array}{r} 184 \\ \times \quad 20 \\ \hline \end{array}$$

② $$\begin{array}{r} 342 \\ \times \quad 35 \\ \hline \end{array}$$

③ $$24 \overline{)\,168}$$

④ $$32 \overline{)\,652}$$

선생님이 적은 문제를 베껴 쓰던 아이들 입에서 옅은 한숨이 새어 나왔다.

동혁이는 연필만 잡고 문제지 위에서 허공을 그리듯 하며 숫자

조차 쓰지 못했다.

홍주는 문제를 쓰자마자 모르겠다며 가장 먼저 포기했다.

건희는 그나마 문제를 풀기는 했지만, 자신이 없는지 고개를 갸우뚱하고 있었다.

아이들을 둘러보던 선생님은 칠판에 적은 문제를 지우고는 다른 문제를 적으며 말했다.

"흠, 건희는 문제는 풀었는데 아쉽게도 답이 틀렸어. 선생님이 조금 쉬운 문제를 내 줄게. 다시 적고 풀어 봐."

① $\begin{array}{r} 34 \\ \times \quad 2 \\ \hline \end{array}$

② $\begin{array}{r} 14 \\ \times \quad 6 \\ \hline \end{array}$

③ $2\overline{)16}$

④ $4\overline{)36}$

아이들은 문제를 적고 스스로 풀기 시작했다.

하지만 동혁이와 홍주는 이내 포기했고 건희 혼자 끝까지 문제를 풀었다.

선생님은 아이들이 푸는 모습을 둘러본 뒤 말했다.

"건희는 문제를 푸는 방법을 조금은 아는 것 같구나. 그런데 건희야, 선생님이 한 가지 물어볼게. 어떻게 풀었는지 설명할 수 있니?"

"아니요. 예전에 선생님들이 이런 문제는 이렇게 하는 거라고 알려 주셨어요. 전 그냥 그 방법이 기억나서……."

선생님은 건희 말을 들은 뒤 잠깐 두 손으로 관자놀이를 지그시 눌렀다. 그리고 천천히 입을 뗐다.

"음, 그렇구나. 선생님 생각보다 공부할 게 많네?"

"휴……."

아이들 입에서도 옅은 한숨이 새어 나왔다.

"한숨까지 쉴 정도로 힘들지는 않을 거야. 배우다 보면 재미있을 걸? 하하."

선생님은 아이들을 보며 말했다.

"애들아, 문제를 풀어 보니까 어때?"

"집에 가고 싶어요."

홍주가 선생님 말이 끝나기 무섭게 말했다.

"으이구, 넌 제일 꼴찌로 보내 줄 거다."

선생님은 홍주에게 눈을 흘기며 동혁이와 건희를 보았다.

"저는 한번 제대로 배워 보고 싶어요. 사실 전 뭘 모르는지도 몰랐는데 오늘 보니 곱셈, 나눗셈은 그냥 다 모르는 것 같아요. 모르니까 부끄러워요. 수업 시간에 선생님이 발표시키시면 어쩌나 두렵기도 하고요. 누구한테 물어보아야 하나 생각했는데 딱히 생각나는 사람이 없더라고요. 그렇다고 학원은……. 어쨌든 전 수학 제대로 배워 보고 싶어요."

선생님 눈치를 살피던 동혁이가 천천히 힘주어 말했다.

선생님은 고개를 끄덕이며 동혁이가 하는 말을 듣다가 동혁이 말이 끝나자마자 말했다.

"동혁아, 모르는 건 부끄러운 게 아니야. 모르면서 아는 척하는 게 부끄러운 거지. 너무 걱정하지 마. 선생님이 도와줄게. 마지막으로 건희는 어떻게 생각해?"

"저는 학원을 어렸을 때부터 다녔는데 학원은 학교보다 진도가 빠르니까 선생님이 문제를 푸는 방법만 가르쳐 주셨어요. 왜 이걸 배우고 있는지도 모르고 기계처럼 문제를 푸는 게 너무 싫었어요. 저도 수학을 제대로 배워 보고 싶은 마음이 들어요."

"음, 그렇구나. 그럼 집에 가고 싶은 홍주만 남고 동혁이랑 건희는 집으로……."

"네? 잠깐만요. 이런 법이 어딨어요?"

가방에 종합장과 연필을 넣고 있던 홍주는 선생님 말이 끝나기도 전에 깜짝 놀라며 말했다.

"저도 수학 공부할 거예요. 친구들 이야기를 들으면서 저도 수학 제대로 공부하고 싶다고 생각했단 말이에요. 저 공부 열심히 할게요. 집에 보내 주세요. 네?"

홍주가 한 말에 선생님은 웃으며 말했다.

"너희 셋 다 아직 집에 보낼 생각 없었거든? 우리 모임 이름도 안 정하고 이제 뭘 배울지도 안 정했잖아."

"모임 이름이요?"

세 친구는 거의 동시에 말하며 서로를 쳐다보았다.

"응, 우리 공부 모임 이름 말이야. 이제 열심히 공부한다면서? 그럼 공부 모임 이름도 정해야지. 그냥 보충 수업이 아니라 특별한 수학 공부 모임이잖아."

선생님 목소리가 전보다 더 커졌다.

아이들도 보충 수업이 아닌 특별한 수학 공부라는 선생님 말에 의욕이 솟아 이름 후보들을 선보였다.

처음으로 이름 후보를 말한 사람은 동혁이었다.

"수학을 사랑하는 모임 어때? 줄여서 수사모."

"야, 이름이 너무 뻔해. 뭔가 창의적이고 비밀스러운 이름이 좋을 것 같은데……."

홍주가 손으로 옆머리를 꽈배기처럼 꼬며 퉁명스럽게 말했다.

홍주가 한 말에 동혁이는 입을 삐죽 내밀고는 뒷머리를 긁적였다.

"이거 어때?"

"뭐?"

홍주의 말에 모두 홍주를 보며 물었다.

"우리는 수포자잖아. 그러니까 모임 이름을 '수포자 구출 작전'이라고 하는 거야. 줄여서 수작! 괜찮지? 창의적이지 않냐? 뭔가 비밀스럽고 말야."

친구들과 선생님 눈치를 살피던 홍주가 말을 이었다.

"입에 착착 붙지? 모임 할 때 우리 수작하자고 하면 아무도 못 알아들을 걸? 뭔가 비밀스럽고 말이야."

"어디서 수작을 부려?"

선생님도 홍주가 낸 의견이 괜찮은지 농담을 던지며 웃었다.

건희와 동혁이도 홍주 의견에 만족해 했다.

"그럼 이걸로 이름 정하는 거예요. 수작? 콜?"

"콜!"

홍주가 한 말에 모두 약속이라도 한 듯이 동시에 외쳤다.

선생님은 아이들 모습을 흐뭇하게 지켜보다가 헛기침을 두 번 했다.

그 소리에 아이들 눈은 선생님 쪽을 향했다.

"자, 이제 마지막으로 1학기 동안 뭘 배울지 정해 보자. 선생님이 자기가 뭘 모르는지 아는 게 중요하다고 했지? 우선 오늘 문제 푸는 걸 보니 곱셈과 나눗셈은 꼭 해야겠고…….”

“분수랑 소수요.”

선생님 말이 끝나기도 전에 건희가 툭 던지듯이 말했다.

“아! 맞다. 분수랑 소수가 있었지?”

“휴! 진짜 최고의 조합이다.”

동혁이와 홍주도 탄식과 함께 한마디씩 거들었다.

“야, 건희가 선생님 마음을 들여다보고 있었구나? 선생님도 분수랑 소수 하려고 했는데……. 어쨌든 수학에서 가장 중요한 연산 네 가지를 기본부터 차근차근 배워 보자. 알겠지? 그리고…….”

“또 뭐가 있어요?”

“공부를 시작하기 전에 자기만의 목표를 정해 보자. 내가 이 공부를 마쳤을 때 꼭 이것만은 이루고 싶은 거 말이야.”

선생님 말이 끝나자 아이들은 잠시 고민하더니 건희가 먼저 말했다.

“음, 전 수학 문제만 푸는 게 아니라 왜 이렇게 풀어야 하는지 이해하면서 풀고 싶어요. 이해되지 않는 건 눈치 보지 말고 질문도 하고요.”

“그래, 좋은 생각이다. 이해되지 않는 건 꼭 질문해야지.”

“저는 수행평가를 볼 때 모르는 문제가 없으면 좋겠어요. 지금까지 수행평가를 보면 몰라서 못 풀고 포기했던 문제가 너무 많았거든요."

"그래, 홍주는 수행평가 볼 때 대충 풀고 엎드려 있던 게 아니라 몰라서 포기하고 엎드려 있었던 거야?"

선생님이 웃으며 장난스럽게 홍주를 째려보며 말했다. 다음으로 동혁이가 말할 차례여서 모두의 눈이 동혁이를 향했다.

"음, 저는 학원에 가지 않고도 집에서 혼자 복습해서 시험을 백점 맞고 싶어요. 그래서 부모님께 학원 안 가고도 잘할 수 있다는 걸 보여 드리고 싶어요."

동혁이 말을 듣고 선생님은 잠시 생각하는 듯하더니 입을 열었다.

"너희들 이야기를 들으니 책임감으로 선생님 마음이 무거워졌어. 선생님이 많이 준비해서 열심히 가르쳐 줄게. 우리 열심히 해보자. 알겠지?"

"네."

아이들 목소리가 처음보다 훨씬 커졌다.

"이놈들이 빨리 집에 가고 싶구나. 하하. 다음 주 화요일부터 시작이다. 알겠지? 그럼 수작 파이팅!"

수학

2장

수학상담실, 연산을 부탁해

1. 곱셈, 덧셈에 마법을 부리다

"애들아, 너희 덧셈은 할 수 있지?"

"에이! 저희 무시하세요? 덧셈은 당연히 알죠."

두 번째 모임에서 선생님이 처음 한 말에 아이들은 억울한 듯 말했다.

선생님은 셋 중에 가장 억울하다는 듯 반응했던 홍주를 보며 되물었다.

"홍주야, 그럼 이걸 한번 풀어 봐."

선생님은 홍주를 보고 빙긋 웃으며 칠판에 문제를 적었다.

$$3+3+3+3+3+3+3+3+3 =$$

홍주는 선생님이 적어 준 문제를 베껴 쓰는 동안 칠판을 몇 번이나 쳐다보며 3의 개수를 세었다.

"너희도 심심하면 풀어 봐도 돼."

선생님은 동혁이와 건희에게도 문제를 쓰고 풀어 보게 한 뒤, 홍주 뒤로 가서는 어떻게 푸는지 지켜보았다.

홍주는 3에 3을 계속 더하는 방법으로 문제를 풀고 있었다.

"3 더하기 3은 6이고, 6에 3을 더하면 9, 9에 3을 더하면……."

선생님은 아무 말없이 빙그레 웃으며 홍주가 문제를 풀고 있는 모습을 지켜보았다.

"아이참, 선생님이 보고 있으니까 더 안 풀리잖아요. 저리 좀 가세요."

"어, 그래. 홍주야, 어서 풀어~"

선생님은 이렇게 말하고는 동혁이와 건희를 둘러보았다.

동혁이와 건희도 홍주와 같은 방법으로 풀고 있었다.

"정답!"

가장 먼저 손을 든 친구는 건희였다.

"야, 아직 정답 말하지 마. 나 풀고 있으니까."

홍주가 급한 마음에 건희를 쳐다보지도 않고 쏘아붙였다.

잠시 뒤, 홍주와 동혁이도 문제를 다 풀었고 모두 똑같은 답 27을 말했다.

"홍주야, 어떻게 풀었는지 설명해 줄래?"

"그냥, 하나씩 더해서 풀었어요."

선생님 말에 홍주는 뭔가 미심쩍은 표정을 지으며 말했다.

"그래, 잘 풀었어. 그 방법이 가장 기본적이지. 그런데 그렇게 풀면 시간이 오래 걸려. 수학은 말이야, 너희를 힘들게 하려고 만든 학문이 아니란다. 어떻게 하면 편하게 계산할 수 있을까 생각하고 고민하며 점점 발전되어 왔지. 예를 들어 지금 너희들이 풀었던 덧셈을 잘 봐. 3이라는 수를 반복해서 아홉 번 더하지?"

"네."

아이들은 선생님 말에 빠져들 듯 집중하고 있었다.

"이렇게 같은 수를 반복해서 더하는 게 일상에서 얼마나 많았겠니? 공장에서 물건을 만들 때, 가게에서 물건을 팔 때, 돈 많은 사람은 돈을 셀 때 등 계속 더하고만 있으니 얼마나 귀찮겠어. 그래서 곱하기라는 마법을 부리면 정말 간단해지지. 잘 봐."

선생님은 칠판으로 가서 방금 적은 문제에 답 27을 적고 밑에 $3 \times 9 = 27$이라고 적었다.

$$3+3+3+3+3+3+3+3+3 = 27$$
$$3 \times 9 = 27$$

"왜 선생님이 3×9를 적었을까?"

"아! 3을 아홉 번 더했으니까요."

건희가 한 대답에 선생님은 다시 물어보았다.

"그러면 3×9는 어떤 뜻이지?"

"3을 아홉 번 더한다?"

"오~ 좋아. 선생님이 위에 적은 이 덧셈식은 사실 3을 아홉 번 더한 거잖아. 다시 말하면 세 개씩 아홉 묶음. 세 개씩 묶은 것을 아홉 번 더하는 것보다 곱셈을 이용하면 훨씬 간편한 거야. 그냥 3×9라고 하면 되는 거지. 곱셈은 같은 수의 덧셈을 간단히 표현하는 데 사용하기도 해. 곱셈의 다른 의미도 있지만, 일단은 이것부터 기억하기. 이해하지?"

"네. 지금까지는……."

홍주의 말에 선생님은 웃으며 말했다.

"3을 아홉 번 더하는 방법이 틀린 건 아니지만 그 덧셈을 보고 귀찮아야 해. 그리고 더 쉽게 풀 수 있는 방법은 없을까 고민하는 게 수학을 배우는 이유야."

"저는 수학 문제만 보면 그냥 귀찮기만 해요."

"하~ 그게 가장 어려운 문제구나. 하하."

홍주의 말에 동혁이와 건희도 피식 웃었고 선생님도 한숨을 섞어 말했다.

"너희들이 수학을 어려워하는 이유는 이런 이야기를 듣지 않고 오늘은 곱하기, 내일은 나누기를 하면서 무작정 배우니까 그런 거야. 이유도 모른 채 그냥 시키는 대로 배우기만 하니까 당연히 힘들고 짜증 나지. 하지만 지금은 문제를 열심히 풀었잖아. 홍주는 스스로 풀려고 다른 사람이 답을 말하지 못하게 했고……. 자, 선생님이 너무 말이 많았다. 다음 문제로 넘어가 볼까?"

$$36+36+36+36=$$

선생님은 칠판에 문제를 적으며 말했다.

"36을 네 번 더하는 문제인데, 아까 선생님이 말했듯이 어떻게 하면 쉽게 풀 수 있을까 고민해 봐."

"이건 아까 풀었던 구구단 문제랑 다르잖아요. 전 그냥 더할래요."

"동혁아, 잘 고민해 보면 별로 다르지 않아. 복잡해 보이는 문제도 사실 간단한 문제가 여러 개 모여 있는 경우가 많거든. 덧셈도 곱셈을 이용하면 훨씬 수월하단다."

아이들은 선생님의 말은 듣는 둥 마는 둥 하며 문제에 집중했다.

교실에는 세 아이의 연필 소리만 불규칙하게 들렸다.

연필 소리가 잦아들 때쯤 선생님이 말했다.

"자, 어때? 풀 만하지?"

"네, 아직까지는……."

동혁이가 머리를 긁적이며 웃었다.

"그럼 동혁이는 어떻게 풀었는지 설명해 볼까?"

"네, 저는 36을 네 번 더하는 거니까 36×4로 바꾸는 것까지는 알겠는데요. 두 자리 수 곱하기가 조금 헷갈려서 더하기로 풀려고 했어요. 그런데……."

"그런데?"

선생님이 동혁이 말을 따라 하며 되물었다.

"그런데 36+36+36+36을 어떻게 하면 쉽게 풀 수 있을까 고민하다 십의 자리 수와 일의 자리 수를 따로 풀어 봤어요."

"오~ 좋아. 계속해 봐."

선생님이 보인 반응에 아이들도 동혁이 말에 집중하기 시작했다.

"36을 30이랑 6으로 가르기를 하니까 조금 쉬워졌고요. 30이 네 개 있는 거랑 6이 네 개 있는 걸로 나누니까 복잡하던 게 간단해지던데요. 선생님이 말한 게 이런 거였나요?"

'짝짝짝짝'

선생님은 동혁이 말에 환하게 웃으며 박수를 쳤다.

그리고 동혁이에게 보드마카를 내밀며 나와 보라고 손짓했다.

칠판에 풀어 보라는 의미였다.

동혁이는 잠시 머뭇거렸지만 이내 자리에서 일어나 칠판 앞으로 성큼 걸어 나갔다.

"자, 지금부터 박동혁 선생님의 강의가 있겠습니다."

선생님은 농담과 함께 옆으로 비켜섰고 동혁이는 말없이 칠판에 숫자를 썼다.

$$30+30+30+30 = 30 \times 4 = 120$$
$$6+6+6+6 = 6 \times 4 = 24$$
$$120+24 = 144$$

"오~ 박동혁, 잘하는데?"

홍주가 박수를 치며 칭찬하자 건희도 덩달아 박수를 쳤다.

선생님도 흐뭇한 미소로 동혁이를 보며 말했다.

"동혁아, 잘했어. 그렇게 풀면 되는 거야. 동혁이가 푼 방법을 이용하면 조금 더 간단히 해결할 수 있는데, 그게 바로 세로셈이야. 잘 봐."

"에휴~"

선생님 말이 끝나자마자 건희 입에서 한숨이 나왔다.

선생님도 잠깐 멈칫하고 아이들을 둘러보았다.

"힘들어? 오늘 공부 좀 많이 했지?"

"네."

아이들 목소리에는 풍선 바람이 빠지듯 힘이 없었다.

"그럼 오늘은 배운 거 한 문제만 더 풀고 가자. 선생님이나 다른 친구가 푼 문제를 보면 쉬워 보이지?"

"네."

"그런데 그렇지 않을 거야. 풀이 과정만 봐서 그 사람이 문제를 풀어 가는 생각의 과정은 함께 겪지 못했기 때문이지. 그래서 배운 다음에는 꼭 혼자서 비슷한 문제를 풀어 보는 복습이란 게 필요해."

"그럼 문제 하나 내 주세요. 이제 자신감이 생겼거든요."

"홍주가 자신감 뿜뿜인 걸 보니 확인해 봐야겠다."

선생님은 칠판에 문제를 적었다.

$$54 \times 7 =$$

아이들은 선생님이 적은 문제를 보며 같은 방법으로 풀었지만,

건희는 조금 더 간단한 방법이 생각났다.

'이렇게 풀 수 있어서 세로셈으로 풀 수 있다고 하셨구나.'

2.

곱셈, 세로셈으로 날개를 달다

“수작 모임이 벌써 세 번째야. 일주일 동안 기다렸지?”

“네.”

“대답이 그게 뭐야? 완전 영혼 없네. 너희 일부러 그러는 거지? 점점 수학이 재미있는데, 그렇다고 말하기에는 자존심 상해서 그러는 거 아냐?”

“전 재미있어요.”

동혁이었다.

이어서 홍주도 말했다.

“저도 처음에는 재미없을 줄 알았는데 해 보니까 괜찮아요.”

"건희는 어때?"

선생님은 건희를 쳐다보았다.

"저는 이리저리 생각하며 문제를 푸는 게 이렇게 재미있는지 몰랐어요. 한참을 고민해서 문제를 풀었을 때 뿌듯한 느낌도 좋고요."

"다행이구나. 너희들 다 수학의 매력에 조금씩 빠지게 되어서 말야. 자, 오늘은 지난 시간에 배웠던 거 기억나지? 세로셈을 배울 거야."

선생님은 칠판에 문제를 적었다.

$$54 \times 7 =$$

"이 문제는 지난 시간에 냈던 건데 누가 한번 풀어 볼까?"

"제가 풀어 볼게요."

선생님 말에 건희가 손을 번쩍 들며 말했다.

"그럼, 오늘은 건희가 나와서 풀어 보자."

선생님은 앞으로 나온 건희에게 보드마카를 내밀었고, 건희는 자신 있게 칠판에 식을 적기 시작했다.

$$50 \times 7 = 350$$
$$4 \times 7 = 28$$
$$350 + 28 = 378$$

"오~ 건희가 잘 풀었네. 어떻게 풀었는지 설명 좀 부탁해."

선생님이 박수를 치며 말하자 건희는 쑥스러운 듯 뒷머리를 긁적이며 말했다.

"54×7은 54를 일곱 번 더한다고 생각했어요. 지난번 동혁이의 말처럼 50과 4로 가르기를 하고 따로 곱해서 계산했어요. 그리고 50×7을 한 값과 4×7을 한 값을 더했어요."

"그래, 맞았어. 건희, 대단한데!"

선생님은 건희의 머리를 쓰다듬으며 말을 이었다.

"지난번에 선생님이 너희들이 이 문제를 푸는 걸 봤는데 잘 풀더라. 이 방법을 세로로 바꾼 게 바로 세로셈이야."

"네, 저도 이렇게 풀면서 세로셈이랑 비슷하다고 생각했어요."

건희가 선생님의 말을 거들었다.

"건희가 놀라운 발견을 했구나."

선생님은 웃으며 말을 이었다.

"자, 이제 선생님이 이 식을 이렇게 바꿔 볼게."

$$\begin{array}{r} 54 \\ \times \quad 7 \\ \hline \end{array}$$

"자, 이 세로셈을 지난번에는 어려워했지만 이제는 쉬울 걸? 너희는 이미 방법을 알고 있으니까 말이야."

"어, 그러네요. 이건 제가 풀어 볼래요."

"와우! 홍주도 수학에 자신감이 붙었는데. 자, 나와서 풀어 볼까?"

홍주는 나와서 금세 문제를 풀었다.

"이야~ 홍주도 잘 풀었다. 좋아. 그런데 받아 올림을 하면…… 이렇게 더 간단히 되겠지?"

$$\begin{array}{r} 54 \\ \times \quad 7 \\ \hline 28 \\ 350 \\ \hline 378 \end{array} \qquad \begin{array}{r} {\scriptstyle 2}\ \ \\ 54 \\ \times \quad 7 \\ \hline 378 \end{array}$$

선생님은 옆에 식을 다시 쓰고 받아 올림을 해서 풀어 주었다.

선생님 말이 끝나자 건희가 손을 들더니 말했다.

“왜 받아 올림을 해야 하나요? 홍주가 푼 것처럼 그냥 풀어도 될 것 같은데요.”

“그 이유는 이따가 알게 될 거야.”

선생님은 이렇게 말하고는 칠판을 지우고 새 문제를 적었다.

“이런 문제는 어때? 54를 꼭 일곱 번 더하라는 법은 없잖아. 만약에 54를 열일곱 번 더해야 한다면?”

$$\begin{array}{r} 54 \\ \times \quad 17 \\ \hline \end{array}$$

“잠시만요. 음, 이거 헷갈리는데요.”

친구들은 문제를 적다 말고 웅성거렸다.

“어떻게 풀어야 할지 헷갈리면 먼저 이 식의 뜻을 생각해 봐.”

“54를 열일곱 번 더하는 거니까……. 한번 해 볼게요.”

선생님은 친구들이 문제를 어떻게 풀어내는지 둘러보았다.

그중에서 홍주가 푸는 모습을 웃으며 지켜보고 있었다.

홍주는 옆에서 지켜보고 있던 선생님에게 물었다.

"54를 열일곱 번 더하는 건 54를 열 번 더한 뒤에 54를 일곱 번 더한 값과 합하면 되지 않을까요? 그러니까 54×10의 답과 54×7의 답을 합치는 거죠. 아까 54×7의 답은 나왔으니까 54×10만 하면 끝!"

"오~ 홍주! 좋아. 좋은 시도야."

동혁이도 홍주와 비슷한 방법으로 풀이를 시작했다.

건희는 예전에 세로셈을 배웠던 것이 기억났는지 가장 빨리 풀었다.

"선생님, 저 다 풀었어요."

"오~ 건희는 세로셈으로 푸는 방법을 아네. 잘 풀었다. 친구들 다 풀 때까지 잠깐만 기다려 줘."

동혁이와 홍주까지 다 풀고 난 뒤 선생님은 홍주에게 말했다.

"이번에는 홍주가 풀어 볼까?"

선생님 말에 홍주는 칠판 앞으로 나와서 식을 적기 시작했다.

$$54 \times 10 = 540$$
$$54 \times 7 = 378$$
$$540 + 378 = 918$$

"네, 아까 말씀드린 것처럼 54를 열일곱 번 더하는 건 54를 열 번 더한 뒤에 54를 일곱 번 더한 값과 합하면 되잖아요? 54×10의 답과 54×7의 답을 합치는 거죠. 아까 54×7를 한 값 378과 54×10을 한 값 540을 더해 주면 됩니다. 답은 918이에요."

"잘했어. 홍주 수학 실력이 부쩍 늘었네. 홍주가 푼 방식을 이용해서 세로셈으로 풀 수 있단다. 잘 봐. 세로셈을 알아 두면 훨씬 쉬울 거야."

선생님은 칠판에 적은 문제를 세로셈으로 풀어 보았다.

"자, 선생님은 세로셈으로 이렇게 풀었어. 어때?"

$$
\begin{array}{r}
54 \\
\times \quad 17 \\
\hline
378 \\
540 \\
\hline
918
\end{array}
$$

"왜 곱셈을 세로셈으로 푸는지 알겠어요. 378은 54×7을 계산한 값이고 540은 54×10을 계산한 값이네요."

"따로 적지 않고 한 번에 적어서 풀어 좋기는 한데, 숫자가 커지면 계산이 복잡해서 어려워요."

건희 말에 홍주는 푸념하듯 덧붙였다.

“그래, 아이들이 포기하는 이유가 바로 그거지. 하지만 받아 올림이 익숙해지면 그렇게 복잡하지 않아. 아까 이야기했지? 복잡해 보인다고 다 어려운 문제는 아니라고 말이야. 선생님이랑 다시 문제를 한번 풀어 보자.”

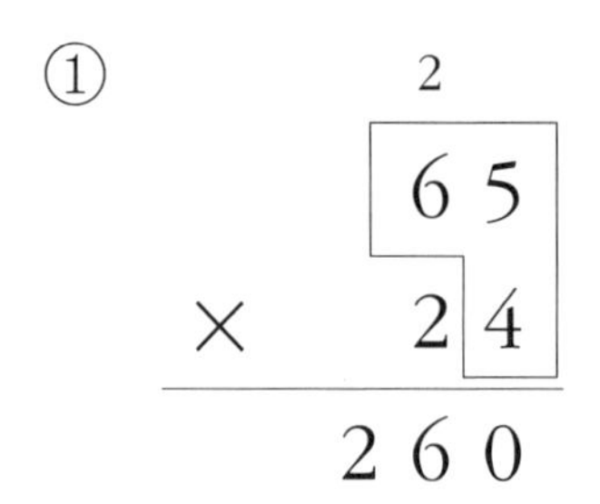

“방금 풀었던 문제처럼 65를 바로 24번 곱하는 것보다 24를 20과 4로 가르기를 해서 곱하는 게 쉽다고 했지? 65×20과 65×4를 계산해서 합하면 끝이야. 그때 작은 수인 65×4를 먼저 계산해 주는 거지.”

선생님은 아이들이 집중하고 있는지 계속 확인하면서 설명을 이어 갔다.

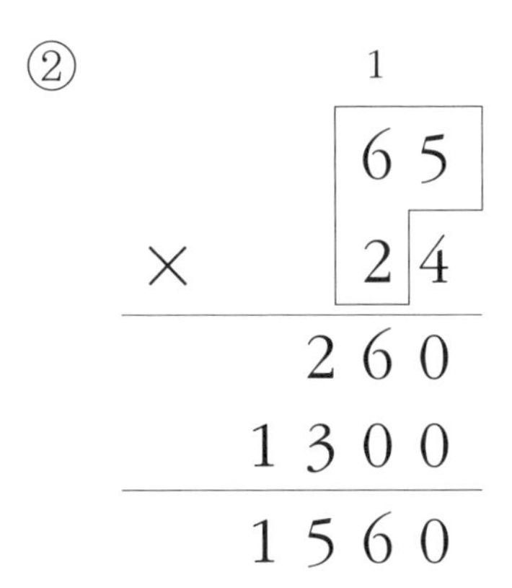

"그다음에는 65×20을 계산해야 해. 홍주가 풀어 볼까?"

"이 정도는 저도 알고 있죠. 65×2를 한 값에 0만 하나 더 붙이면 되잖아요. 130에 0을 하나 더 붙여서 1300 맞죠?"

"잘했어. 꼭 자릿수를 맞춰서 더해 주는 거 잊지 말고."

"넵!"

"큰 수를 먼저 계산해도 되나요?"

홍주가 물었다.

"물론 큰 수를 먼저 계산해도 되지. 그런데 보통 작은 수부터 계산하도록 가르치니까 그냥 작은 수부터 계산하면 편해. 계속 설명하면 65×4도 사실 60×4와 5×4로 계산해서 합하는 건데 따로 계산하면 너무 귀찮으니 받아 올림을 해서 한 번에 계산하는 거야. 건희야, 받아 올림을 해야 하는 이유를 이제 알겠지?"

"아~ 네, 받아 올림을 하지 않으면 두 자리 수×두 자리 수를 할 때 밑으로 훨씬 길어지겠네요."

"그렇지. 받아 올림을 하지 않고 계산하면 어떻게 되는지 볼까?"

$$
\begin{array}{rrrrl}
 & & 6 & 5 & \\
\times & & 2 & 4 & \\
\hline
 & & 2 & 0 & \leftarrow 5\times 4 \\
 & 2 & 4 & 0 & \leftarrow 60\times 4 \\
 & 1 & 0 & 0 & \leftarrow 5\times 20 \\
1 & 2 & 0 & 0 & \leftarrow 60\times 20 \\
\hline
1 & 5 & 6 & 0 &
\end{array}
$$

"세 자리 수×두 자리 수를 계산하는 것도 방법은 똑같아. 저번에 이야기했듯이 계산할 게 하나 더 늘어났을 뿐 어려워진 게 아니야!"

"네. 하나씩 알아 가니까 재미있어요. 문제 내 주세요."

"오호~ 동혁이도 수학의 재미를 알아 가고 있구나. 좋은 자세야. 수학은 지레 겁먹지 않고 풀어 보려는 사람에게 길을 보여 주는 과목이지. 오늘은 시간이 다 돼서 이건 숙제로 내 줄 테니까 혼자서 고민해서 풀어 봐. 다음 시간에 검사할 테니까. 알겠지?"

"네, 도전!"

선생님은 웃으며 칠판에 문제를 적었다.

$$\begin{array}{r} 2\,3\,8 \\ \times \quad 3\,6 \\ \hline \end{array}$$

3.

나눗셈 하나에 두 가지 뜻이 있다고?

"오늘 수작의 주제는 나눗셈이다. 곱셈의 친구지만 너희들의 친구는 아니지."

선생님이 수작을 시작하며 한 말에 아이들은 멋쩍은 듯 웃으며 연습장을 폈다.

"지난 수업 때 곱셈은 같은 수의 덧셈을 쉽게 표현한 방법이라고 했지? 그렇다면 나눗셈은 뭘 쉽게 표현한 방법일까?"

갑자기 던진 선생님의 질문에 아이들은 잠시 고민에 빠졌다.

잠시 뒤, 홍주가 대답했다.

"뺄셈이요."

“오~ 어떻게 알았어? 홍주 대단한걸.”

“곱셈이 덧셈과 관련 있으니까 나눗셈은 뺄셈이랑 관련 있을 것 같았어요. 그냥 찍은 거죠. 히히!”

홍주가 방긋 웃었다.

“어쨌든, 나름 논리적이었어. 하하.”

선생님도 턱을 쓰다듬으며 잠깐 대답할 말을 생각하더니 웃었다.

“홍주의 말대로 나눗셈은 뺄셈과 관련이 있어. 물론 덧셈과도 관련이 없는 것은 아니지만. 이렇게 말하면 헷갈리니까 여기에서는 이 정도만 설명하고 넘어갈게. 자세한 건 앞으로 차차 배울 테니.”

선생님은 칠판에 나눗셈식을 적었다.

$$6 \div 2 =$$

“자, 이 나눗셈을 풀어 볼래?”

“3이요.”

건희가 선생님 말이 끝남과 동시에 답을 말했다.

선생님은 건희를 보고 걸려들었다는 듯이 웃으며 질문을 던졌다.

"좋아. 정답이야. 그럼 6÷2의 뜻은 뭘까?"

"네?"

건희가 당황한 듯 놀란 목소리로 물었다.

선생님은 팔짱을 끼고 건희의 대답을 기다렸다.

"뜻은 잘 모르겠어요. 그냥 2×3=6이니까 3이라고 생각했는데……."

선생님은 말을 얼버무리는 건희를 보며 말했다.

"괜찮아. 나눗셈을 잘한다는 친구들에게 물어보아도 대부분 잘 모르더라고. 이제부터 선생님 말 잘 듣고 배우면 되니까 너무 걱정하지 마."

선생님은 건희를 위로하며 말을 이었다.

"그럼 초콜릿을 이용해서 6÷2라는 식이 나오게 문제를 만들면 나누기의 뜻을 이해하기 쉬울 거야. 우선 첫 번째 문제야."

선생님은 집게손가락을 들며 말했다.

"나는 초콜릿을 여섯 개 가지고 있어. 두 개씩 친구에게 준다면 몇 명에게 줄 수 있을까?"

아이들은 고개를 끄덕이며 선생님 말에 집중했다.

"두 번째 문제야. 내가 초콜릿 여섯 개를 가지고 있는데, 두 명에게 똑같이 나눠 준다면 몇 개씩 줄 수 있을까?"

"잠깐만요. 비슷한 것 같으면서도 조금 다른 것 같아요."

홍주의 말에 선생님은 핑거스냅을 치며 말했다.

"그래, 그거야. 똑같은 나눗셈식이라도 두 가지 다른 문제를 만들 수 있어. 선생님이 칠판에 적은 6÷2라는 식의 뜻을 설명해 줄게. 너희들이 이해하기 쉽게 말이야."

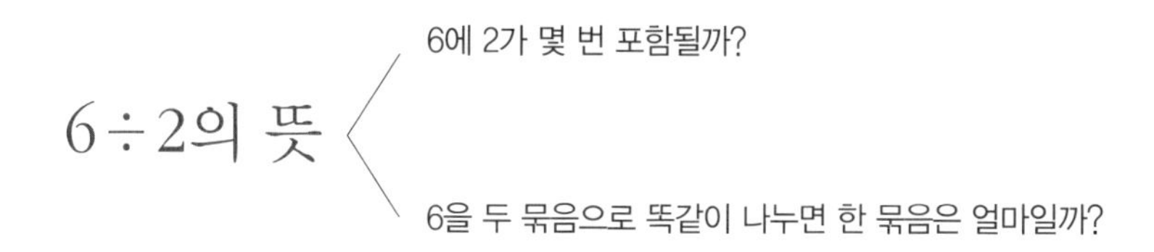

선생님은 칠판에 6÷2의 뜻을 큼지막하게 쓰고 다시 돌아보았다.

"나눗셈은 이 두 가지 뜻을 다 알고 있어야 해. 그 이유는 분수를 배울 때 자연스럽게 알게 될 거야."

"선생님, 아까 나눗셈은 뺄셈이랑 관련이 있다고 하셨잖아요. 근데 두 가지 뜻을 봐도 어떤 게 뺄셈이랑 관련이 있는지 모르겠어요."

건희가 물었다.

"건희야, 아주 좋은 질문이야. 언제든지 모르면 건희처럼 질문을 해야 해. 모르는 걸 모른다고 하는 것은 부끄러운 게 아니라 모르는데 아는 척하면 부끄러운 거야."

선생님은 계속해서 말을 이었다.

"자, 6÷2에서 첫 번째 뜻은 뭐였지? 같이 읽어 볼까?"

"6에 2가 몇 번 포함될까?"

"그래, 잘 읽었어. 6에 2가 몇 번 포함되는지 알려면 어떻게 하면 될까?"

"우선 동그라미 여섯 개를 그린 뒤 두 개씩 묶어 보면 되겠죠?"

건희가 대답했다.

"이렇게 말이지?"

선생님은 건희의 말을 듣고 칠판에 그림을 그렸다.

"이렇게 여섯 개를 그린 뒤 두 개씩 묶는다는 뜻이지? 그럼 이걸 수학식으로 어떻게 표현할 수 있을까?"

아이들은 선생님 질문에 생각에 잠겼다. 잠시 후 동혁이가 조심스럽게 입을 열었다.

"6에서 2를 빼고 또 2를 빼고……."

"그럼 동혁이가 나와서 그 말을 식으로 한번 써 봐."

선생님 말에 동혁이는 칠판 앞으로 천천히 걸어 나와서 식을 쓰기 시작했다.

$$6-2-2-2$$

선생님은 동혁이가 적은 식을 보더니 만족한 듯 소리 없이 미소를 지었다.

"동혁아, 잘했어. 그렇게 하면 돼. 홍주랑 건희도 이해했지?"

"아, 그래서 나눗셈이 뺄셈과 관련이 있구나."

홍주와 건희도 이해했다는 듯이 고개를 끄덕였다.

"그래, 나눗셈은 어떤 수를 똑같은 수로 0에 가까워지도록 빼거나, 어떤 수를 최대한 남지 않도록 똑같이 묶을 때 이용하는 거야. 자, 그럼 연습을 해 봐야지?"

선생님은 칠판에 식 몇 개를 썼다. 아이들도 이내 연필을 잡고 식을 베껴 쓰기 시작했다.

$8 \div 4$의 뜻 <

$15 \div 5$의 뜻 <

"애들아, 오늘 수업에서 이 문제 두 개로 이해했다고 끝내면 안 되겠지? 어떤 과목이든 마찬가지지만, 특히 수학은 배운 뒤에 반드시 혼자서 복습하는 게 아주 중요해. 선생님이랑 할 때는 다 알 것 같아도 혼자 있을 때 해 보려고 하면 잘 안 되는 경우가 많거든."

선생님은 아이들 주변을 돌며 집중해서 쓰고 있는 모습을 지켜보았다.

언제부터인지 아이들은 수업에 조금씩 진지해지며 적극적으로 참여하기 시작했다.

선생님은 아이들의 달라진 모습에 흐뭇한 웃음을 지었다.

"다 했어요."

가장 먼저 한 것이 좋은 듯 홍주 목소리가 커졌다.

곧 건희와 동혁이도 다 했는지 고개를 들어 선생님을 보고 있었다.

"이번에는 건희가 나와서 첫 번째 식의 뜻을 적어 볼까?"

선생님은 아이들이 다 한 것을 보고는 건희에게 말했다.

건희는 성큼성큼 걸어 나와 막힘없이 칠판에 답을 쓰기 시작했다.

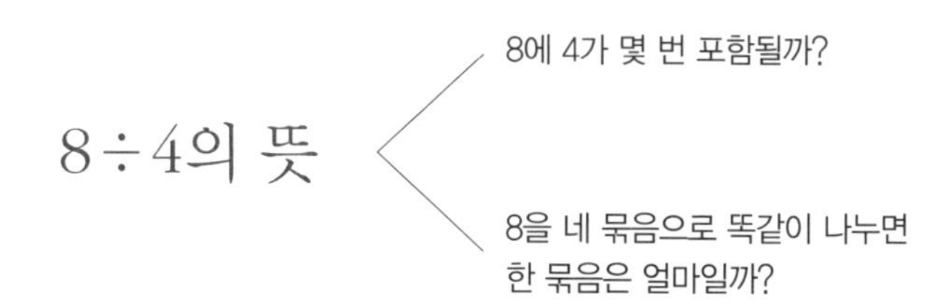

"건희야, 잘 풀었다. 어렵지 않았지?"

"네."

자리로 돌아가 앉은 건희 목소리에는 자신감이 묻어 있었다.

"그럼, 이번에는 동혁이가 풀어 보자."

동혁이도 건희처럼 막힘없이 걸어 나와 답을 썼다.

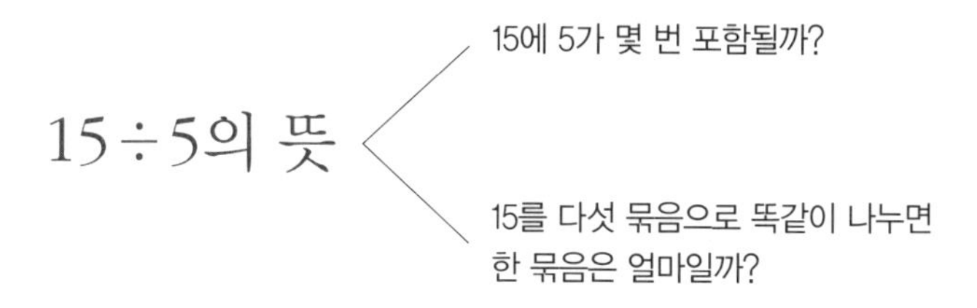

"동혁이도 잘 풀었어. 선생님이 보니까 홍주도 맞게 썼더라고. 야, 너희들 대단하다. 이러다가 수학 박사 되겠는걸? 하하하."

선생님이 한 칭찬에 기분이 좋아졌는지 홍주가 말했다.

"선생님, 문제 더 내 주세요. 더 풀어 보고 싶어요."

"홍주가 열정이 불타오르네. 그런데 오늘은 시간이 다 돼서 마쳐야 해. 오늘도 숙제를 내 주지. 너희들이 이럴 줄 알고 선생님이 미리 학습지를 만들어 놨단다."

"혼자서 하는 복습이 중요하다는 거죠?"

"그렇지. 홍주는 배움의 자세가 아주 아름답구먼. 하하."

"그럼 다음 시간에 보자. 수고했어."

"안녕히 계세요. 선생님."

4.

나눗셈과 곱셈이 친구인 거 알아?

"너희들 나눗셈을 잘하려면 가장 기본적으로 알아야 할 게 뭔지 아니?"

수작을 시작하자마자 선생님이 던진 질문에 아이들은 제각각 생각에 잠겼다. 가장 먼저 홍주가 손을 들며 말했다.

"우선 핸드폰 계산기 앱이 어디에 깔려 있는지 알아야 해요."

"하하, 역시 홍주는 생각이 다채롭단 말이야. 하지만 선생님이 원한 답은 아니라 아쉽구나. 다른 사람 생각은?"

"빼기?"

"곱하기?"

동혁이에 이어 건희도 말했다.

"사실 다 관련이 있지만 가장 기본적으로 알아야 하는 건 바로 곱셈이야."

"왜 나눗셈을 잘하려면 곱셈을 알아야 하나요?"

선생님 말에 동혁이가 눈을 동그랗게 뜨며 물었다.

"그래, 그렇지. 그 질문이 나와야지. 잘 봐."

선생님은 웃으며 칠판에 그림을 그렸다.

"빵이 여섯 개 있어. 이 빵을 두 개씩 담으려면 접시가 몇 개 필요할까? 이런 문제가 있어. 그렇다면 식은 어떻게 세우지?"

"6÷2요."

"좋았어. 건희야 그럼 선생님이 그림으로 한번 그려 볼게."

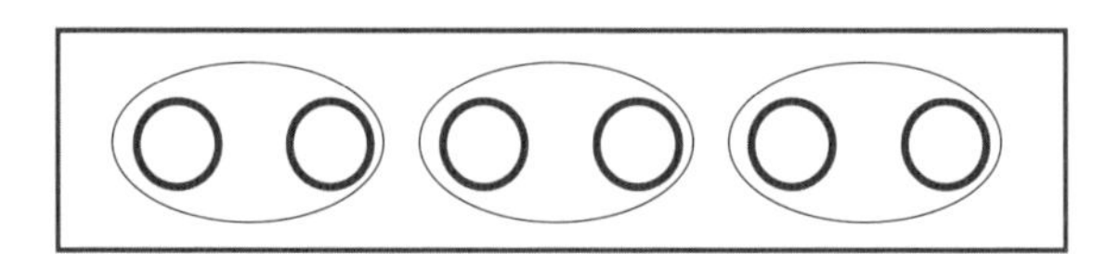

"자, 그림으로 그렸어. 이 그림을 잘 보면 지난번에 배운 곱셈의 뜻 기억나지 않니?"

아이들은 한동안 그림을 빤히 쳐다보며 기억을 떠올렸다.

"아하, 두 개씩 세 묶음이에요. 2×3=6이요. 잠깐만요. 그런데 이게 나눗셈과 무슨 관련이 있죠?"

환하게 웃으며 답을 이야기하던 건희 표정이 갑자기 굳어지며 말했다.

"응, 선생님이 지난번에 곱셈과 나눗셈의 뜻을 이야기해 준 거 기억나지? 뜻을 잘 생각해 보면 이해할 수 있을 거야. 6÷2=3의 뜻은 뭘까?"

"6÷2=3의 뜻은 아까 빵을 예로 들어 설명하면, 빵 여섯 개를 두 개씩 묶으면 세 묶음이 돼요. 다시 말하면 6에는 2가 세 번 포함된다는 뜻이에요."

"오호~ 건희 복습 열심히 했는데? 한 번만 공부한 솜씨가 아닌 것 같다. 이렇게 바로 말할 수 있다는 건 매일 공부한 거야. 맞지?"

"맞아요. 뜻을 알고 싶어서 복습을 조금 했어요."

"그럼, 2×3=6의 뜻은 저번 곱셈 시간에 배웠을 거야. 빵 두 개씩 세 묶음은 여섯 개라고 했지? 그럼 위에 적은 6÷2=3의 뜻이랑 2×3=6의 뜻이랑 비교해 보자."

선생님은 칠판에 뜻을 두 개 적었다.

$6 \div 2 = 3$	빵 여섯 개를 두 개씩 묶으면 세 묶음이다.
$2 \times 3 = 6$	빵 두 개씩 세 묶음은 여섯 개다.

"자, 서로 다른 두 가지 식이지만 뜻을 적어서 비교해 보니까 어때?"

"어라, 아래랑 위랑 똑같은 말이에요. 순서만 바뀌었고요."

건희 말에 아이들은 연신 고개를 끄덕끄덕했다.

"그래, 바로 그걸 이용해서 나눗셈 문제를 곱셈으로 해결할 수 있는 거야. 선생님이 나눗셈식을 곱셈식으로 바꾸는 걸 보여 줄게."

선생님은 칠판에 나눗셈식을 적었다.

$$16 \div 4 = \square$$

"자, 이 나눗셈식을 곱셈식으로 바꿔 볼 거야. 먼저 나눗셈의 뜻을 생각해 보자. 누가 도전해 볼래?"

"빵 열여섯 개를 네 개씩 묶으면 몇 묶음일까?"

"동혁아, 잘했어. 그럼 이 문장을 조금만 바꿔서 생각해 보자고. 네 개씩 몇 묶음이면 열여섯 개인지 생각하면 돼. 네 개씩 한 묶음이면 네 개, 두 묶음이면 여덟 개……. 이런 방식이 곱셈이잖아. 결국에는 4 곱하기 얼마를 해야 16인지 구하면 되는 거야. 식은 이렇게 쓰면 되지."

$$4 \times \square = 16$$

"선생님, 4단에서 4 곱하기 4는 16이니까 □ 안에 들어갈 수는 4가 되는 거네요."

홍주가 말했다.

"맞아, 바로 그거야. 구구단을 외우고 있으면 문제를 조금 더 간단하고 빨리 풀 수 있지. 괜히 구구단을 외우라는 게 아니란다."

"저는 그냥 어른들이 외우라니까 억지로 외웠어요. 이런 이유를 설명해 줬으면 좋았을 텐데요. 어른들은 그냥 외우라고 하니까 외우기가 싫어지죠."

"그래, 홍주 말대로 어른들이 잘못했네."

"그렇게 말씀해 주시니 좋네요~ 히히."

홍주는 선생님 말이 마음에 드는 듯 어깨를 들썩이며 웃었다.

선생님도 홍주를 따라 같이 웃다가 금세 표정을 바꾸고 헛기침을 하며 말했다.

"이제 너희들이 이해했는지 한번 확인해 보자. 선생님과 같이 할 때는 다 이해한 것 같지만, 실제로 너희들이 혼자 문제를 풀 때는 다르다고 이야기했지?"

"네."

"좋아. 그럼 아래 나눗셈식을 곱셈식으로 바꿔서 풀어 봐."

$$24 \div 6 = \square \rightarrow$$

$$35 \div 7 = \square \rightarrow$$

$$63 \div 9 = \square \rightarrow$$

선생님은 칠판에 문제를 적고 세 친구를 둘러보았다.

풀기 싫다는 말도 안 하고 문제 풀이에 집중하는 아이들이 대견해서 머리를 쓰다듬으며 다시 칠판으로 돌아왔다.

아이들이 다 풀고 난 뒤 선생님은 동혁이를 보며 말했다.

"이번에는 동혁이가 먼저 풀어 보자."

"네."

동혁이는 짧게 대답하고 나와서는 무심한 듯 답을 적기 시작했다.

다음으로 홍주, 마지막으로 건희가 나와서 문제를 풀고 들어갔다.

$$24 \div 6 = \square \rightarrow \quad 6 \times \square = 24 \quad \square = 4$$

$$35 \div 7 = \square \rightarrow \quad 7 \times \square = 35 \quad \square = 5$$

$$63 \div 9 = \square \rightarrow \quad 9 \times \square = 63 \quad \square = 7$$

"다들 잘 풀었어. 너무 쉬웠지?"

"네."

"지금까지는 큰 수가 아니고 나머지가 없는 나눗셈이어서 그렇게 어렵지 않았을 거야. 근데 이런 나눗셈은 어떻게 풀어야 할까?"

선생님은 이렇게 말하며 칠판에 문제를 적었다.

$$65 \div 7 = \square$$

"어, 이건 $7 \times \square = 65$로 바꾸니까 답이 안 나와요. $7 \times 9 = 63$인데 65는 63보다 더 크잖아요. 헷갈려요."

계산이 빠른 건희가 말했다.

"그렇지. 그럼 어떻게 풀면 좋을까?"

"먼저 이 나눗셈을 문장으로 정리해 봐요."

홍주가 말하자 선생님 눈이 동그래지며 홍주를 빤히 쳐다보았다.

"에이, 선생님도 놀라시기는 참……. 저도 이제 이 정도는 알아요."

"선생님은 홍주가 정답을 말해서 놀란 게 아니야. 정답을 찾아가는 여러 가지 방법을 이제 알고 있는 것 같아서 놀란 거지. 홍주가 이 식을 문장으로 말해 볼래?"

"네, 지난번에 배웠던 방법대로 해 볼게요. 나가서 칠판에 써 봐도 되죠?"

"응, 물론이지."

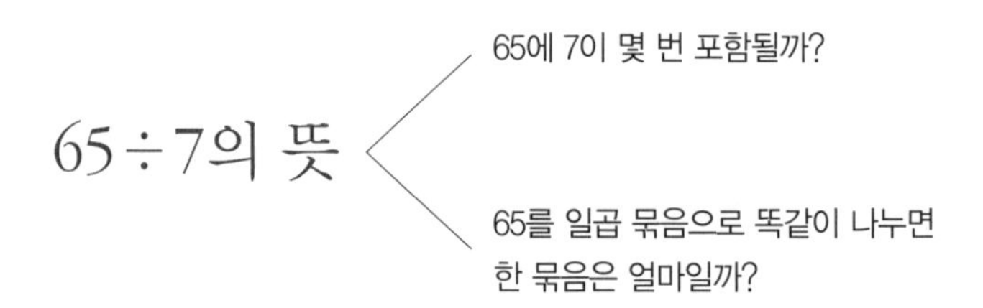

홍주가 칠판에 문장으로 정리하고 난 뒤, 선생님을 보며 멈칫하자 선생님이 왜 그러냐는 듯 눈짓을 보냈다.

"선생님, 문장으로 정리하면 두 가지로 나타나는 건 알겠어요.

그런데 그다음에는 어떻게 하죠?"

홍주가 말하자 선생님은 미소를 지으며 홍주의 어깨를 다독였다.

홍주가 자리로 들어가자 선생님이 말했다.

"건희 네 생각에는 이 문제를 풀 때 어떤 걸 이용하면 좋을까?"

"저는 첫 번째요. 65는 일곱 묶음으로 똑같이 나눌 수가 없어요."

"그렇지. 우리가 지금까지 배운 것을 생각하면 첫 번째를 이용하면 되지. 하지만 소수를 배우면 두 번째 문제도 해결할 수 있어. 지금은 첫 번째를 이용해 보자. 7을 한 번씩 더해 가면 65에 7이 몇 번 들어가는지 알 수 있겠지?"

"어? 선생님 그러면 7을 한 번씩 더해 가는 거니까 곱셈으로 바꿀 수 있겠네요?"

"맞아, 건희야. 선생님이 칠판에 써 볼게."

$7 \times 1 = 7$ $7 \times 2 = 14$ $7 \times 3 = 21$

$7 \times 4 = 28$ $7 \times 5 = 35$ $7 \times 6 = 42$

$$7 \times 7 = 49 \qquad 7 \times 8 = 56 \qquad 7 \times 9 = 63$$

$$7 \times 10 = 70$$

"7이 한 번 들어가면 7, 7이 두 번 들어가면 14, ……, 7이 아홉 번 들어가면 63, 7이 열 번 들어가면 70……."

"선생님, 언제까지 하실 생각이세요?"

홍주가 물었다.

"홍주가 답을 말할 때까지 하려고 했지. 하하. 답이 뭔지 알겠어?"

"7이 아홉 번 들어가면 63이고 7이 열 번 들어가면 70이니까 65에는 7이 아홉 번 들어가네요. 그리고 2가 남아요."

"맞아. 그걸 식으로 이렇게 적는단다."

$$65 \div 7 = 7 \times 9 + 2$$

"이 식의 뜻은 바로 65에 7이 아홉 번 들어가고 2가 남는다는 거야. 여기에서 9는 몫이 되고 2는 나머지가 되는 거지. 이해했니?"

"선생님, 그런데 나눗셈을 할 때마다 그렇게 귀찮게 곱셈을 다

써 봐야 답을 알 수 있나요? 그럼 다시 수학이 싫어질 것 같아요."

"홍주야, 아주 중요한 이야기야. 선생님도 일부러 이렇게 쓰면서 설명한 거야. 말을 안 해서 그렇지 선생님도 팔이 무지하게 아팠단다. 하하."

"선생님, 7단에서 65에 가장 가까운 걸 생각하면 될 것 같은데요. 하나하나 쓰면 오래 걸리니까요."

"그래, 동혁아. 바로 그거야. 근데 그것도 7단을 다 알고 있어야 생각할 수 있단다. 구구단을 외워야 하는 이유를 이제 확실하게 알겠지?"

"네, 그래서 요즘 구구단 외우고 있어요. 좀 많이 늦었지만……."

"아니야. 동혁아, 그리고 너희들도 잘 들어 봐. 배움에는 속도가 중요하지 않아. 내가 지금 뭘 배우고 있는지, 이걸 왜 배워야 하는지 아는 게 중요하지. 이제 초등학교 5학년인데 얼마나 배웠겠니? 그리고 너희가 지금 하고 있는 것처럼 기초부터 천천히 이해하면서 배우는 게 얼마나 중요한데. 나중에는 공식만 외워서 푸는 것보다 어려운 문제를 더 잘 풀 수 있을걸? 문제가 점점 복잡해지더라도 처음에 이해했던 걸 이용해서 해결의 실마리를 풀어낼 수 있어. 늦었을까 봐 걱정하지 않아도 돼. 알겠지?"

"네!"

아이들은 힘껏 대답했다.

"오늘은 여기까지야. 다음 주에는 나눗셈 마지막 시간이니까 오늘 배웠던 것 꼭 복습해 오기다!"

"넵!"

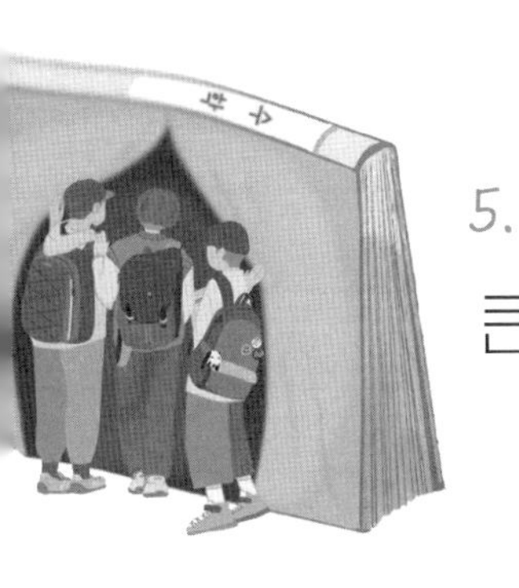

5. 큰 수의 나눗셈은 세로셈이 최고

"오늘은 나눗셈 마지막 시간이다. 조금 어려울 수도 있어. 준비됐니?"

"어머! 선생님, 그렇게 말씀하시니까 겁나는데요?"

"선생님이 홍주에게 너무 겁을 줬구나. 지금까지 잘 배워 왔으니까 충분히 잘할 수 있을 거야. 하하."

"선생님, 저 수학에서는 멘탈이 약해요. 선생님이 하신 한마디에 바로 멘붕 올 뻔했잖아요. 조심해 주세요~"

홍주의 귀여운 핀잔에 선생님은 바로 꼬리를 내렸다.

"그래, 미안~ 선생님이 잘할게. 자, 오늘 배울 나눗셈은 세로셈이야. 큰 수의 나눗셈을 할 때 가장 많이 쓰니까 꼭 익혀 두는 게 좋아. 여길 보자."

선생님이 칠판에 문제를 쓰자마자 세 친구에게서 한숨이 쏟아져 나왔다.

$$653 \div 4$$

"자, 이 나눗셈은 어떻게 푸는 게 좋을까?"

"먼저 이 나눗셈을 문장으로 표현해 보면 653에 4가 몇 번 포함되는지 알면 되는데 구구단으로 하기에는 너무 커요. 어떻게 하면 좋을까요?"

"동혁이가 한 시도가 좋았어. 그럼 이렇게 생각해 보자. 4가 열 번 들어 있으면 얼마지?"

"40이요."

"그럼 4가 100번 들어 있으면?"

"400이죠."

"좋았어. 우선 653에 4가 적어도 100번은 들어 있다는 거잖아. 그럼 이걸 세로셈으로 바꿔 볼게."

$$\begin{array}{r|l} & 1\ 0\ 0 \\ \hline 4 & 6\ 5\ 3 \\ & 4\ 0\ 0 \\ \hline & 2\ 5\ 3 \end{array}$$

“이 식의 뜻을 잘 기억해야 해. 처음이니까 오늘은 선생님이 설명해 줄게.”

“653에 4가 100번 들어 있으면 400이고 남은 것은 253이다.”

아이들은 선생님이 한 말을 크게 따라 하고는 공책에 적기 시작했다.

수작 모임을 하며 새로운 것을 배울 때마다 가장 먼저 건희가 적기 시작했는데, 아이들도 건희를 따라 하기 시작했다.

좋은 변화였다.

“선생님, 그런데 이게 끝이에요? 아직 253이 남았잖아요. 253에 4가 아직 많이 들어갈 것 같은데요.”

“그렇지. 우리에게는 아직 253이 남아 있어. 그러면 253에 4가 몇 번 들어 있는지 계산해야 해. 이제 4가 백 번은 안 들어가지만 몇십 번은 들어갈 거야. 그렇지?"

"네."

"4가 열 번 들어 있으면 40, 4가 스무 번 들어 있으면 80……."

"선생님 그냥 4 곱하기 몇십은 쉬워요. 예를 들어 4×10을 한다면 4×1을 해서 나온 값에 0을 붙여 주면 되잖아요."

"그렇지. 동혁이 말이 맞아. 그럼 253에 4가 몇십 번 들어 있을까?"

"4×60이 240이니까 최소 육십 번은 들어가겠어요. 칠십 번 들어가면 280이 되니까 안 되고요."

"맞아. 다른 친구들도 이해했지?"

"네."

"그럼 이걸 아까 썼던 식에 이어서 써 볼게."

$$
\begin{array}{rr}
 & 6\ 0 \\
 & 1\ 0\ 0 \\
\cline{2-2}
4 & \big) 6\ 5\ 3 \\
 & 4\ 0\ 0 \\
\cline{2-2}
 & 2\ 5\ 3 \\
 & 2\ 4\ 0 \\
\cline{2-2}
 & 1\ 3
\end{array}
$$

"선생님, 이상해요. 제가 예전에 봤던 풀이 방법이랑 달라요. 원래 이렇게 길었나요?"

"어, 건희야. 이건 선생님이 너희가 알아보기 쉽게 하려고 식을 조금 바꾼 거야. 우선 이걸 다 풀고 식을 간단히 하는 방법을 알려 줄게."

"네, 저는 순간 깜짝 놀랐어요."

선생님은 건희를 안심시키고는 말을 이어 나갔다.

"이제 653에 4가 백 번이랑 육십 번 들어 있으니까 백육십 번 들어 있는 거야. 그럼 이제 얼마 남았지?"

"13이요."

"그래, 13에 4가 몇 번 들어 있을까?"

"세 번이요."

"그래, 맞아. 그럼 이제 식을 완성해 보자."

$$\begin{array}{r} 3 \\ 60 \\ 100 \\ 4\overline{)653} \\ \underline{400} \\ 253 \\ \underline{240} \\ 13 \\ \underline{12} \\ 1 \end{array} \quad \Rightarrow \quad \begin{array}{r} 163 \\ 4\overline{)653} \\ \underline{400} \\ 253 \\ \underline{240} \\ 13 \\ \underline{12} \\ 1 \end{array}$$

"자, 이렇게 보니 이해는 할 수 있지만 식이 너무 길어졌어. 그렇지?"

"네, 식을 쓰다가 귀찮아서 포기할 것 같아요."

"홍주가 포기하면 안 되지. 그래서 홍주를 위해 준비했어. 위에 100과 60 마지막으로 3이 있잖아. 이걸 한 번에 쓰는 거야. 오른쪽처럼 말이야. 어차피 1이 의미하는 건 100이니까 백의 자릿수에 1을 쓰고 6은 60을 의미하니까 1 바로 뒤에 쓰는 거야. 십의 자리에 맞춰서 말야. 그리고 마지막으로 일의 자리에 3을 쓰면 끝."

"오~ 선생님. 이제 나눗셈 완전~ 이해했어요."

"진짜? 그럼 건희가 나와서 이 문제 한번 풀어 볼래? 너희들도 공책에 풀어 봐."

선생님도 흐뭇한 미소를 지으며 칠판에 문제를 적기 시작했다.

$$41 \overline{)\,6\;5\;3}$$

"우선 653에 41이 몇 번 들어 있는지 생각해요. 41이 백 번 들어가면 4100이 되기 때문에 백 번은 안 들어가요. 몇십 몇 번 들어갈 것 같은데 우선 몇십 번 들어가는지만 계산해 볼게요. 41이 열 번 들어가면 410, 41이 스무 번 들어가면 820이니까 653보다 커져서 안 돼요. 41이 653에 최소한 열 번 들어가네요. 그러면 이제 243이 남아요. 41이 243에는 다섯 번이나 여섯 번 정도 들어갈 것 같은데 저는 다섯 번 들어가는 걸로 계산해 볼게요. 41×5=205예요. 41이 243에 최대 다섯 번 들어가네요. 243에서 205를 빼 주면 38이 남아요. 나머지는 38이에요. 맞죠?"

$$
\begin{array}{rrrr}
 & & 1 & 5 \\ \cline{2-4}
41 & \multicolumn{1}{|r}{6} & 5 & 3 \\
 & 4 & 1 & 0 \\ \cline{2-4}
 & 2 & 4 & 3 \\
 & 2 & 0 & 5 \\ \cline{2-4}
 & & 3 & 8
\end{array}
$$

건희가 문제를 푸는 설명을 듣고 난 선생님은 박수를 치며 건희의 머리를 쓰다듬었다.

건희도 뿌듯한지 활짝 웃으며 자리로 돌아갔다.

"와~ 건희 잘한다."

동혁이와 홍주도 박수를 치며 좋아했다.

"너희들도 풀 수 있겠지?"

"건희가 푸는 거 보니까 쉬운 것 같은데, 한 번 더 풀어 봐야 할 것 같아요."

홍주에 이어 동혁이도 고개를 갸웃거리며 말하자 선생님은 칠판에 문제를 하나 더 적었다.

$$73\overline{)\,4\ 7\ 1\,}$$

"이번에는 홍주가 풀어 볼까?"

홍주는 선생님 말에 순간 멈칫했다.

선생님이 손짓하자 이내 못 이기는 척 칠판 앞으로 나왔다.

"우선 471에 73이 몇 번 들어갈 수 있는지 알아봐요. 73이 열 번 들어가면 730이니까 열 번보다 적게 들어갈 것 같아요."

"그렇지."

"73이 다섯 번 정도 들어갈 것 같아요. 73×5를 하면 음…… 365네요. 어, 한 번 더 들어갈 수 있을 것 같아요. 73이 여섯 번 들어가면……. 73×6은 438이에요. 그럼 이렇게 쓰면 되겠네요. 맞죠? 맞죠?"

$$\begin{array}{r} 6 \\ 73\overline{)\,4\ 7\ 1\,} \\ 4\ 3\ 8 \\ \hline 3\ 3 \end{array}$$

"와~ 홍주 잘한다. 이제 나눗셈 박사 해도 되겠는걸?"

"뭐, 제가 사실 귀찮아서 수학을 안 했지 마음만 먹으면 까짓것 순삭이죠. 히히."

"선생님도 너희들이 열심히 집중하고 공부해서 너무 기분 좋아. 그런데 오늘까지 배운 건 곱셈과 나눗셈을 계산하는 방법이었어. 이걸 이용해서 공부하는 게 정말 많으니까 복습도 꼭 잊지 말고. 알았지?"

"네."

"다음 시간에는 곱셈과 나눗셈을 이용해야 하는 여러 가지 상황을 배워 볼 거야. 그리고 또 한 가지."

"또 한 가지 뭐요?"

아이들은 궁금한 듯 되물었다.

"바로 미션이 있어. 그 미션은 광고 후에 공개합니다가 아니라 다음 시간에 공개할게. 하하."

"에이~ 선생님, 재미없어요. 그냥 알려 주세요. 네?"

"미션은 원래 당일에 공개하는 거야. 다음 시간에 보자. 안녕."

6.
곱셈과 나눗셈이 들어간 문장제 문제

“선생님, 오늘 미션은 뭐예요? 혹시 우릴 힘들게 하실 건 아니죠?”

다른 날과 다르게 긴장된 표정으로 앉아 있던 아이들 틈으로 홍주가 조심스레 말을 꺼냈다.

“응, 선생님은 너희들을 전혀 힘들게 하고 싶지 않아. 하지만 너희들에게 꼭 필요한 미션이기는 해.”

“이번에는 어떤 수작이신가요?”

“아름다운 우리 모임의 이름이 이렇게 쓰일 수 있구나. 하하.”

건희의 말에 선생님이 미소를 지으며 말을 이었다.

"지금까지 너희들이 곱셈이랑 나눗셈을 배웠잖아. 그런데 너희들은 시험을 볼 때 가장 어려운 게 뭐야?"

"긴 문장으로 된 문제요. 읽다 보면 무슨 말인지 몰라서 그냥 넘겨요."

"저도 동혁이랑 똑같아요. 문장제 문제가 제일 문제예요."

홍주도 동혁이의 말을 거들었다.

"선생님이 오늘 미션을 잘 정했구나. 오늘 너희들이 할 미션은 바로 '문장으로 된 문제랑 여러 가지 다양한 문제 풀기'야. 다들 좋지?"

"아니요."

아이들은 입을 모아 외쳤다. 홍주는 한숨을 쉬며 책상에 엎드렸다.

"너희들이 진짜 싫어하는 걸 보니 꼭 해 봐야겠는걸? 수학 문제를 풀 때 가장 중요한 건 문제를 두려워하지 않는 마음이거든. 무엇이든 처음부터 두려워하면 절대로 이길 수 없지. 선생님이 도와줄게. 한번 해 보자. 오케이?"

"네~"

아이들은 힘없이 대답하며 흐느적흐느적 공책을 꺼냈다.

선생님은 아이들의 행동이 귀여운지 한 번 웃고는 칠판에 문제를 적었다.

문제 1	다음 숫자 카드를 한 번씩 사용하여 가장 큰 세 자리 수와 가장 작은 두 자리 수를 만들고 그 수의 곱을 계산했을 때, 답과 풀이 과정을 써 보세요.

5	2	7	1	8

"자, 첫 번째 문제를 다 적었지? 이런 문제를 봤을 때 너희들이 가장 먼저 해야 할 건 겁내지 않는 거야. 문장을 차근차근 읽으면서 생각하면 금방 할 수 있어."

"네."

"선생님이 바로 설명해 줄까? 아니면 너희가 먼저 풀어 볼래?"

"저희가 먼저 풀어 볼게요."

"좋아, 홍주야. 그게 가장 중요한 거야. 다른 사람의 도움을 받지 않고 내가 어디까지 풀 수 있는지를 알아야 해."

아이들이 문제에 집중하고 있는지 교실은 금세 조용해졌다.

사각사각 연필 소리가 조용한 교실을 채워 갔다.

가장 먼저 문제를 푼 사람은 동혁이었다.

이어서 건희와 홍주가 연필을 놓으며 말했다.

"선생님, 별거 아니네요? 하하."

"너희들도 모르게 실력이 올라간 거지. 이번 문제는 동혁이가 설명해 볼까?"

"네, 먼저 카드 다섯 개 중에서 한 번씩 사용해서 만들 수 있는 세 자리 수는 875예요. 가장 큰 수가 되려면 숫자 카드 다섯 개 중에서 가장 큰 수가 앞자리로 나와야 하거든요."

"맞아, 맞아."

아이들도 덩달아 이야기했다.

"그다음, 카드를 한 번씩 사용해야 하잖아요. 그래서 남아 있는 카드로 가장 작은 두 자리 수를 만들려면 1을 먼저 앞자리에 넣어서 12를 만들어요. 2가 먼저 들어가면 21이 돼서 더 커지거든요. 이제 875×12를 계산하면 끝이에요."

"오~ 나도 저렇게 했는데……."

"어, 나도 나도."

아이들도 동혁이와 비슷하게 풀었는지 한마디씩 했다.

"그럼 875×12를 풀어 봐야지. 동혁아 나와서 풀어 보자."

"네."

동혁이는 성큼성큼 걸어 나와서 식을 적고 풀기 시작했다.

$$
\begin{array}{r}
875 \\
\times \quad 12 \\
\hline
1750 \\
8750 \\
\hline
10500
\end{array}
$$

"정답! 잘했어! 너희들이 적은 답도 똑같니?"

"아니요. 저는 875×10을 해야 하는데 875×1을 해서 자릿수가 엉망이 됐어요."

"건희야, 수학은 매정해서 조금이라도 실수하면 가차 없이 틀린 답을 내놓는단다. 지금은 빠르게 풀려고 하지 말고 정확하게 풀려고 노력해. 알겠지?"

"네."

"그럼 다음 문제로 넘어가자. 이런 문제 많이 봤을 텐데 계산하는 원리를 잘 알고 있나 확인하는 문제니까 배운 거 잘 생각해서 풀어 봐. 곱셈이랑 나눗셈 이렇게 문제 두 개를 다 풀어 보는 거야."

아이들은 대답도 없이 문제를 풀기 시작했다.

꽤 오랜 시간이 지난 뒤 건희가 손을 들었다.

문제 1

$$
\begin{array}{r}
\square\ 5\ \square \\
\times \qquad \square\ 6 \\
\hline
2\ 1\ 4\ 2 \\
\square\ 1\ 4\ \square \\
\hline
\square\ 2\ 8\ \square
\end{array}
$$

"선생님, 생각보다 어려워요."

"그래? 그럼 선생님이 조금만 도와줄게. 다른 친구들도 힌트가 필요한 것 같으니 잘 봐."

동혁이와 홍주도 혼자 풀기에는 어려웠는지 고개를 들고 칠판을 보았다.

"먼저 이 빈칸에 번호를 붙여서 설명해 줄게."

문제 1

$$
\begin{array}{r}
①\ 5\ ② \\
\times \qquad ③\ 6 \\
\hline
2\ 1\ 4\ 2 \\
④\ 1\ 4\ ⑤ \\
\hline
⑥\ 2\ 8\ ⑦
\end{array}
$$

"문제 1을 풀 때, ①번부터 순서대로 풀어야 할까?"

"그런 거 아니에요?"

"아니야, 건희야. 꼭 순서대로 풀 필요는 없어. 먼저 계산하기 편한 것부터 풀면 돼. 근데 잘 봐. 너희가 꼭 알아야 하는 게 뭔지 생각해야 해."

"①, ②, ③ 아니에요? 그것만 알면 나머지는 계산하면 답이 나오니까……."

"그렇지. ①, ②, ③번 답만 알면 돼. 문제를 푸는 방법은 여러 가지가 있어. 선생님은 곱셈하는 방법대로 푸는 게 좋을 것 같아. 그래서 ②번부터 먼저 풀 거야. ②×6을 계산했을 때, 일의 자릿수가 2가 나오려면 ②는 어떤 수여야 할까?"

"구구단 6단에서 6×2=12, 6×7=42가 있으니까 2나 7이겠네요."

"그래, 건희야. 이것도 구구단을 완전히 알고 있어야 빨리 떠올릴 수 있는 거야."

"그럼 다음 곱셈을 해 보면 ②의 답이 2인지, 7인지 알 수 있겠지. 50×6을 하면 십의 자릿수가 0이 되어야 하는데 4가 있으니까 40을 받아 올림 했다는 거야. 그러니까 ②는 7이지."

"아~ 선생님, 그런 방법으로 하면 50×6을 했을 때 300을 받아 올림 했는데 2100이 되었으니까 ①×6=1800이라는 말이네요. 그럼 ①은 300이라는 뜻이니까 ①에 들어갈 수는 3이고요."

"옳지, 잘한다. 그다음은 마지막으로 ③에 들어갈 수야."

"이건 저도 할 수 있을 것 같아요."

"그래, 홍주가 나머지를 풀어 봐."

"②에 들어갈 수가 7이잖아요. 제일 먼저 7×③을 해야 하는데, ③은 십의 자릿수니까 ⑤에 들어갈 수는 0이고요. 우선 7단에서 일의 자리가 4가 되려면 7×2=14밖에 없어요. 그래서 ③에 들어갈 수는 2예요."

"맞아. 이제 357×26만 계산하면 끝이야. 다른 친구들도 이해했니?"

"네, 이해는 했는데 제가 한번 다른 문제를 풀어 봐야 할 것 같아요."

"그래, 물론이지. 이런 문제일수록 혼자서 곰곰이 생각하면서 풀어 봐야 해. 이따가 숙제로 내 줄게."

"네, 좋아요."

"너희들이 웬일이냐? 수학 숙제를 좋아하다니. 그럼 문제 2를 풀어 보자. 처음에는 너희 스스로 풀어 봐. 설명하기 쉽게 옆 빈칸에 숫자를 붙여서 다시 적어 줄게."

문제 2

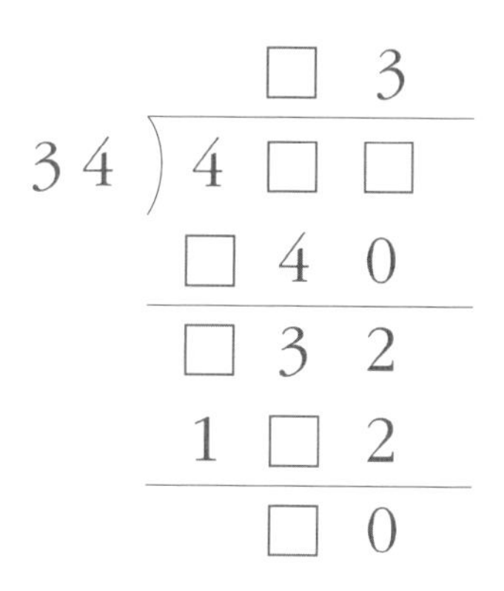

문제 2

$$
\begin{array}{r}
①\ 3 \\
34\,\overline{)\,4\ ②\ ③} \\
④\ 4\ 0 \\
\hline
⑤\ 3\ 2 \\
1\ ⑥\ 2 \\
\hline
⑦\ 0
\end{array}
$$

"네, 선생님. 근데 이것도 ①, ②, ③번 답만 알면 될 것 같아요."

"그래, 맞아 동혁아. 이번 문제는 동혁이가 풀어 볼까?"

"네, 우선 ①에 들어갈 수는 금방 알 수 있어요. 4백 얼마에 34가 열 번 들어갈 수 있으니까 ①에 들어갈 수는 1이에요. 그리고 ③－0을 하면 2가 되니까 ③에 들어갈 수는 2네요. 마지막으로 ②－4를 하면 3이니까 ②에 들어갈 수는 7이고요."

"그래, 동혁이도 잘하는데? 결론은 472÷34를 하면 되지. 애들아 생각보다 어렵지 않지?"

"네, 지금은 그렇지만 집에 가서 혼자 풀어 봐야겠어요. 꼭 숙제 내 주세요."

"그래, 홍주가 열심히 하는 모습을 보니까 선생님이 더 열심히 가르쳐야겠구나."

"네~ 선생님, 히히."

7.

분수란 무엇일까?

"오늘부터는 분수를 배울 거야. 누구 이 분수의 뜻을 말해 볼 사람?"

$$\frac{1}{3}$$

"선생님, 그걸 누가 몰라요. '3분의 1'이잖아요."

홍주가 억울하다는 듯 눈을 크게 뜨며 말했다.

선생님은 한숨을 한 번 길게 쉬었다.

"휴, 그건 이 분수를 읽은 거고. 이 3분의 1이 뭘 의미하는지 말해 보라고요."

"세 개 중에서 한 개?"

동혁이가 자신이 없는 듯 작은 목소리로 말했다.

"그럼 이것도 $\frac{1}{3}$일까?"

선생님은 이렇게 말하며 칠판에 그림을 그렸다.

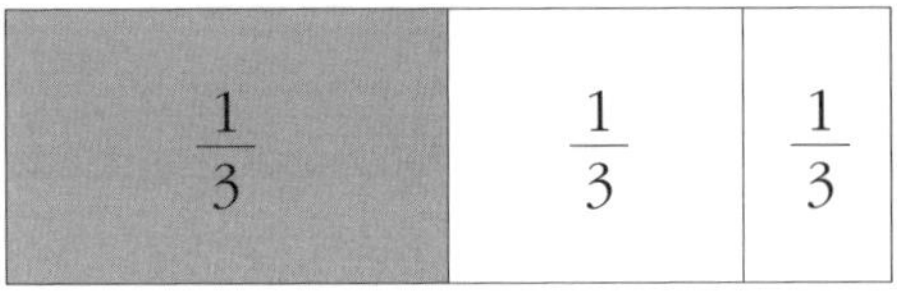

$\frac{1}{3}$	$\frac{1}{3}$	$\frac{1}{3}$

"아니네요."

"음, 그럼 세 개로 똑같이 나눈 것 중에서 한 개!"

"좋아, 홍주야, 거의 맞았어. 마지막은 선생님이 채워 넣을게. $\frac{1}{3}$의 뜻은 전체를 똑같이 세 부분으로 나눈 것 중에서 한 부분이야."

"아, 이제 기억나요. 다시 문제 내 보세요. 이제 맞힐 수 있을 것 같아요."

"좋아. 이 분수의 뜻은?"

$$\frac{3}{5}$$

"이번에는 제가 해 볼게요. 전체를 다섯 부분으로 똑같이 나눈 것 중에서 세 부분!"

"야, 이건희! 내가 먼저 하려고 했는데 낚아채냐?"

"미안해. 홍주야, 다음에는 내가 양보할게."

"오~ 이제 문제를 서로 맞히겠다고 경쟁을 한단 말이지? 아주 아름다운 모습인걸? 어쨌든 이 분모의 뜻이 정말 중요해. 수학은 어떤 기호가 나오면 그 기호의 뜻을 완벽하게 알고 있어야 해. 뜻을 완벽하게 이해하지 않고 계속 배우면 나중에는 내가 이걸 왜 하고 있는지 혼란스럽게 되는 거야."

"넵."

"대답은 잘하는구나. 너희들 분모와 분자는 알고 있지?"

"네, $\frac{3}{5}$에서 분모는 5, 분자는 3이에요."

"맞아. 동혁이가 분수의 기본을 잘 알고 있네. 분모가 분자보다 큰 분수를 뭐라고 하는지도 알지?"

"네, 진분수요."

선생님은 흡족한 표정으로 고개를 끄덕이고 건희를 보며 말했다.

"분자가 분모와 같거나 더 큰 분수는 뭐라고 할까?"

"가분수요. 선생님, 저희 5학년이에요. 그 정도는 알죠."

건희는 억울한 듯 미간을 찌푸리며 말했다.

선생님은 미안한 듯 멋쩍게 웃었다.

"그래, 잘 아네. 분수의 뜻과 이름만 알아도 반은 아는 거야. 그럼 선생님이 너희들에게 문제 하나를 낼게. 그림을 보고 색칠된 부분을 분수로 나타내 보자."

선생님은 이렇게 말하며 칠판에 문제를 썼다.

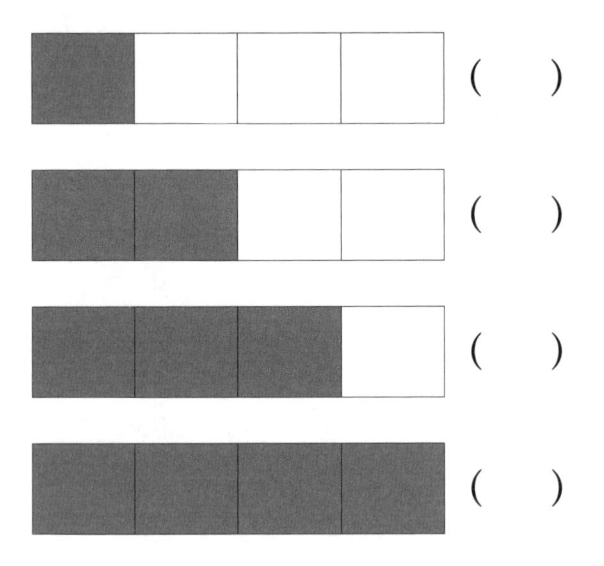

"선생님, 이건 너무 쉽죠. $\frac{1}{4}$, $\frac{2}{4}$, $\frac{3}{4}$, $\frac{4}{4}$ 잖아요. $\frac{4}{4}$ 는 '1'이고요."

"그래? 이 문제는 너무 쉬웠구나. 하하~ 선생님이 너희들의 수학 실력을 너무 낮게 봤나 보다. 그럼 계속해 보자."

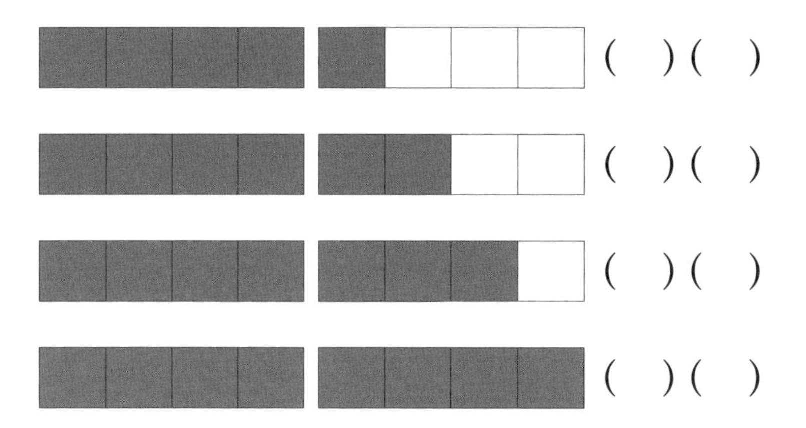

"이번에는 이 분수를 두 가지 방식으로 말해 봐."

"선생님 $\frac{5}{4}$, $\frac{6}{4}$, $\frac{7}{4}$, $\frac{8}{4}$ 인 건 알겠어요.

근데 이걸 다른 분수로 표현할 수 있어요?"

동혁이가 말했다.

홍주와 건희도 선생님의 대답을 기다리는 눈치였다.

"이 그림을 잘 봐. $\frac{4}{4}$가 '1'이라고 했지?"

$\left(\frac{4}{4}\right) = (1)$

선생님은 아래에 그림을 그리면서 말을 이었다.

"그럼 거기에 이렇게 $\frac{1}{4}$이 더 있다면 어떻게 할 수 있을까?"

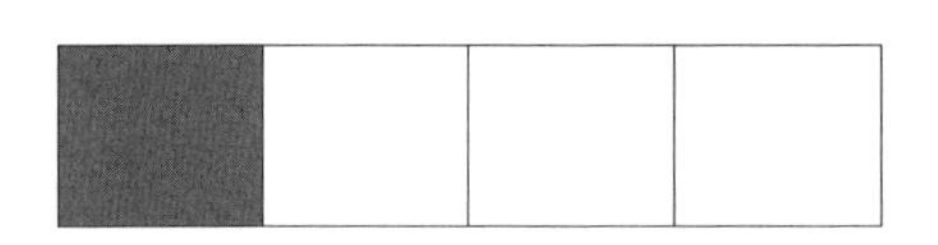

"아, 이제 알겠어요. 1하고 $\frac{1}{4}$이 더 있으니까 $1\frac{1}{4}$이죠?

그러니까 $\frac{5}{4}$는 $1\frac{1}{4}$이에요."

"맞아. 이렇게 자연수와 분수가 같이 있는 분수를 대분수라고

해. 그러면 나머지 $\frac{6}{4}$, $\frac{7}{4}$, $\frac{8}{4}$을 대분수로 고쳐 보자."

아이들은 공책에 적으며 열심히 풀었다.

이번에는 홍주가 손을 들며 풀어 보겠다고 했다.

"선생님, $\frac{6}{4}$은 $1\frac{2}{4}$, $\frac{7}{4}$은 $1\frac{3}{4}$, $\frac{8}{4}$은 $1\frac{4}{4}$예요."

"음, 잘 풀었는데 $\frac{8}{4}$은 $1\frac{4}{4}$라고? 좀 이상하지 않니?"

"뭐가요? 전 선생님이 풀라고 한 방법대로 풀었는데……. 앗, 이제 보니 $1\frac{4}{4}$가 좀 이상하기는 해요."

"그래, 맞아. 아까 $\frac{4}{4}$는 뭘로 바꿀 수 있다고 했지?"

"1이요. 그럼 어떻게 적어야 해요?"

"그림을 보면 쉽지."

선생님은 칠판에 그린 그림을 보며 설명했다.

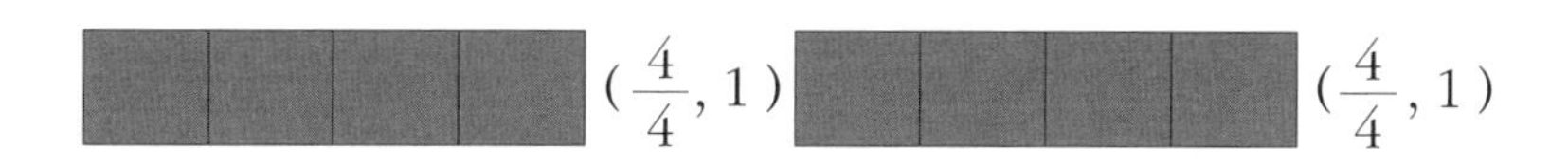

"$\frac{4}{4}$가 1이잖아, 이 그림에서 보면 1이 두 개 있는 거야. 1이 두 개 있으면 얼마일까?"

"2예요."

"그래, 다시 말하면 $\frac{8}{4}$은 2인 거야."

그때, 건희가 손을 들었다.

"선생님 질문 있어요. 그럼 $\frac{2}{2}$도 1이에요?"

"물론이지."

"그럼 분모와 분수가 같으면 무조건 1이에요?"

"그렇지. 그 이유가 궁금한 모양이구나. 선생님이 분수의 뜻을 꼭 기억하라고 했지? 이렇게 갑자기 헷갈릴 때는 가장 먼저 분수의 뜻을 떠올려 보면 돼. $\frac{2}{2}$의 뜻은 뭐였지?"

건희는 선생님의 물음에 잠깐 눈을 감고 천장을 향해 고개를 들며 생각하다가 답했다.

"전체를 두 부분으로 똑같이 나눈 것 중에서 두 부분이요."

"전체는 1이니까 전체를 똑같이 아무리 많이 나눠도 나눈 것을 다 합치면 전체가 되겠지? 그래서 $\frac{2}{2}$=1, $\frac{3}{3}$=1, $\frac{4}{4}$=1,

$\frac{5}{5}$ =1, ……."

선생님의 말이 채 끝나기도 전에 이번에는 동혁이가 손을 들었다.

"선생님, 아까 $\frac{8}{4}$은 2였잖아요. 그럼 $\frac{4}{2}$도 2인가요? $\frac{6}{3}$도 2고요?"

선생님은 동혁이의 질문에 흐뭇해 하며 말했다.

"동혁아, 아주 좋은 질문이야. 자, 그림으로 설명하면 더 쉽겠지?"

선생님은 칠판을 깨끗이 지우고 그림을 그렸다.

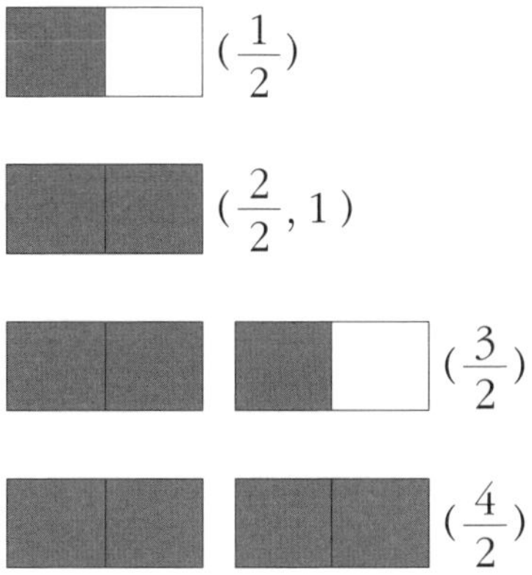

($\frac{1}{2}$)

($\frac{2}{2}$, 1)

($\frac{3}{2}$)

($\frac{4}{2}$)

"자, $\frac{4}{2}$는 $\frac{2}{2}$가 두 개 있잖아. $\frac{2}{2}$가 1이라고 했으니까 1이 두 개 있는 거지. 그러니까 $\frac{4}{2}$는 2인 거야. $\frac{6}{3}$도 2고, $\frac{10}{5}$도 2지. 이렇게 보니 규칙이 보이지 않니?"

"네, 맞아요. 규칙이 있네요. 4에 2가 두 번 들어가니까 $\frac{4}{2}$는 2, 6에 3이 두 번 들어가니까 $\frac{6}{3}$도 2, 10에 5가 두 번 들어가니까 $\frac{10}{5}$도 2네요."

"그래, 맞아. 그럼 $\frac{5}{3}$는 어떻게 대분수로 바꿀 수 있을까?"

"선생님 그림으로 그려서 설명해도 되나요?"

"물론이지 홍주야. 나와서 설명해 볼래?"

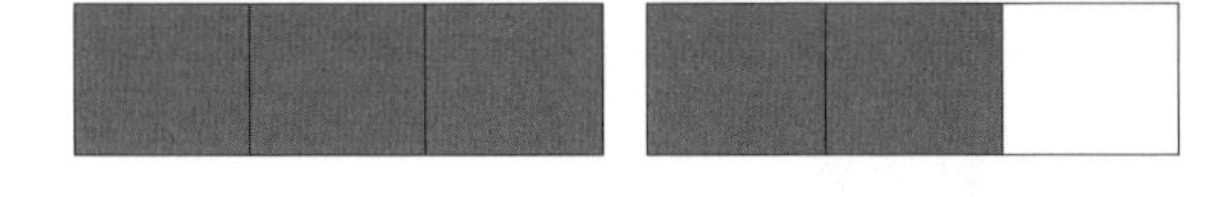

"$\frac{5}{3}$는 $\frac{1}{3}$이 다섯 개 있다는 거니까 이렇게 색칠해요.

그리고 $\frac{3}{3}$이 있으니까 1이 되고 $\frac{2}{3}$가 남아요.

그래서 $1\frac{2}{3}$예요."

"오~ 홍주 잘하는데? 쉽게 생각하면 나눗셈이랑 비슷해.

$\frac{5}{3}$에서 5에 3이 한 번 들어가니까 1이 되어서 자연수로 나오고

2는 그대로 분자에 남으니까 $1\frac{2}{3}$인 거야."

"선생님, 저는 이렇게 풀었어요. 그림을 보니까 $\frac{5}{3}$는 그림

처럼 $\frac{3}{3}+\frac{2}{3}$로 바꿀 수 있잖아요. $\frac{3}{3}$을 1로 바꿔 주면

$1+\frac{2}{3}$가 돼요."

"그래, 건희 말도 맞아. $1+\frac{2}{3}$에서 +는 생략해도 되니까

$1\frac{2}{3}$지. 수학에서 답을 찾는 방법은 사람마다 다르니 자기가 편한 방법대로 풀면 돼. 마지막으로 이 문제도 풀어 볼까?"

$\frac{5}{2}=$	$\frac{7}{3}=$	$\frac{10}{4}=$
$\frac{13}{5}=$	$\frac{15}{6}=$	

"선생님, $\frac{5}{2}$에서 5에 2가 두 번 들어가니까 2가 자연수로 나오고 남은 1은 분자에 적으면 $2\frac{1}{2}$, 이렇게 풀면 되죠?"

"응, 맞아. 동혁이도 잘 푸네."

아이들은 가분수를 대분수로 바꾸는 방법을 이해했는지 금방 풀었다.

"자, 다 풀었지? 정답 확인해 봐."

$$\frac{5}{2} = 2\frac{1}{2} \qquad \frac{7}{3} = 2\frac{1}{3} \qquad \frac{10}{4} = 2\frac{2}{4}$$

$$\frac{13}{5} = 2\frac{3}{5} \qquad \frac{15}{6} = 2\frac{3}{6}$$

선생님은 칠판에 정답을 적었다.

"와, 다 맞았어요."

"저도요."

"저도 다 맞았어요."

홍주에 이어 동혁이와 건희의 목소리가 한층 높아져 갔다.

"이야, 다 맞은 걸 보니 정확하게 이해했나 본데? 오늘 분수 수업은 여기까지야. 다음 주에도 이어서 할 테니까 오늘 배운 부분 꼭 복습해 오는 거 잊지 말고."

"네~"

8.
분수 크기는 나눗셈을 생각하면 쉬워

"오늘도 분수를 배운다고 했지?"

"네."

"좋아, 그럼 오늘도 문제로 수작을 시작해 볼까? 미리 겁을 좀 주자면 아이들이 분수에서 가장 어려워하는 문제 중 하나야."

"에이~ 선생님도 참, 저희 이제 분수의 뜻도 알거든요? 도전!"

홍주가 손을 들고 큰 소리로 도전을 외치자 동혁이와 건희도 얼떨결에 손을 들고 그보다 작은 목소리로 "도전!"을 외쳤다.

"홍주의 용기가 가상하여 상 대신 문제를 내리겠다."

4의 $\frac{1}{2}$은 얼마일까?

"어라, 선생님. 이거 배웠는데 안 배운 것 같아요. 이런 신기한 일이……."

"그래. 홍주야, 네 말이 맞아. 배우고도 안 배운 것 같은 신기한 일이 학교에서는 아주 흔하지. 하하."

선생님은 웃음기를 머금고 말을 이었다.

"선생님이 수학에서는 뜻이 중요하다고 했지? 이 말도 뜻을 알면 너무 쉬운데 뜻을 잊어버려서 어렵다고 느끼는 거야. 이 말의 뜻은……."

선생님은 말을 멈추고 칠판에 뜻과 함께 그림을 그리기 시작했다.

아이들은 선생님이 쓰는 것을 공책에 열심히 적었다.

4를 똑같이 두 부분으로 나눈 것 중에서 한 부분

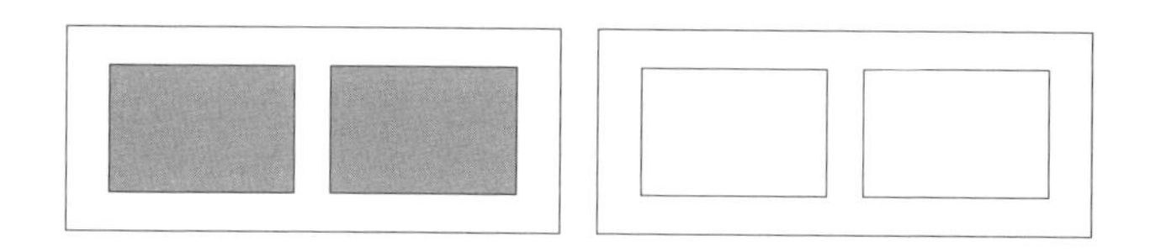

"그림으로 그리면 이렇게 되지. 그럼 답은 얼마일까?"

"2."

"그렇지. 답은 2야. 이해했니?"

"네, 조금……."

"건희 말고 다른 친구들 눈을 보니 아직 헷갈리는 것 같으니 다른 문제를 내 줄게. 많은 문제를 겪어 본 사람은 그만큼 적응력이 빠른 법이야. 수학도 마찬가지고."

8의 $\frac{3}{4}$은 얼마일까?

"우선 뜻은 알겠어요. 8을 똑같이 네 부분으로 나눈 것 중에서 세 부분이에요."

"그래, 홍주야. 그림을 그리면 이해가 좀 더 쉬울 거야."

홍주는 선생님의 말을 듣고 그림을 그리기 시작했다.

선생님이 옆에 그린 그림을 이리저리 고개를 돌려 보며 완성했다.

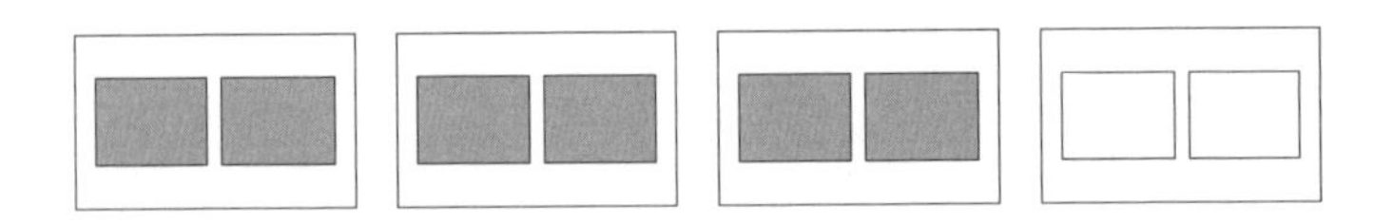

"선생님 말씀처럼 그림을 그리니까 알겠어요. 그런데 더 쉬

운 방법은 없나요? 꼭 그림을 그리지 않아도 풀 수 있을 것 같은데……."

"물론 있지. 자, 힌트 나갑니다. 바로 여기."

선생님은 아까 칠판에 적은 분수의 뜻에 밑줄을 쳤다.

4를 똑같이 두 부분으로 나눈 것 중에서 한 부분

"이 부분을 잘 봐. 이거 어디서 본 것 같지 않니?"

"아, 알아요. 나누기를 할 때 배웠잖아요."

선생님의 말이 끝나자마자 동혁이가 말했다.

동혁이의 말이 끝나자 건희와 홍주의 입에서도 '아~' 하며 탄성이 터져 나왔다.

"그래, 바로 그거야. 오~ 동혁이 기억력 좋은걸. 나누기를 이용하는 거야. 4의 $\frac{1}{2}$에서 그 뜻을 생각하면 먼저 4를 똑같이 두 부분으로 나눠야 하잖아. 그러면 한 부분은 2지. 그렇다면 4의 $\frac{1}{2}$은 4 나누기 2를 해서 나온 답이 하나가 있다는 것과 같은 뜻이겠지?"

"선생님, 이해될 듯한데 문제를 한번 내 주세요."

"그럼 아까 내 줬던 문제를 이제 그림을 그리지 말고 풀어 보자."

$$8\text{의 } \frac{3}{4}$$

"자 한번 풀어 볼 사람?"

선생님은 문제를 적고 아이들을 둘러보았다.

"저요."

건희였다.

"우선 먼저 8을 똑같이 네 부분으로 나눈 것에서 세 부분이라는 뜻이니까 8 나누기 4를 해요. 그럼 한 부분이 2라는 거네요. 그 다음 그게 세 부분이 있다는 거니까 2×3은 6이에요. 답은 6 맞죠?"

"오~ 잘했어. 다른 친구들은?"

선생님은 동혁이와 홍주를 둘러보았다. 홍주가 알 듯 말 듯한 표정으로 집게손가락을 들며 말했다.

"선생님, 문제 하나만 더 내 주세요. 그럼 확실히 알 수 있을 것 같아요."

홍주의 말에 동혁이도 동의하는지 고개를 끄덕였다.

"그럼 문제 하나만 더 낼게."

$$12\text{의 } \frac{4}{6}$$

이번에는 홍주가 손을 들었다.

"우선 뜻을 생각해 보면 12를 똑같이 여섯 부분으로 나눈 것 중에서 네 부분이라는 뜻이니까 12 나누기 6을 해요. 그럼 한 부분이 2라는 거네요. 그다음 그게 네 부분이 있다는 거니까 2×4는 8, 답은 8 맞죠?"

"네, 저도 8 나왔어요. 아~ 이제 확실히 이해했어요, 선생님."

선생님은 만족스럽다는 듯이 씨익 웃었다.

"이 어려운 걸 해냈으니 이제 어렵지 않을 거야. 그럼 이번에는 분수 크기를 비교해 볼까?"

선생님은 칠판을 깨끗이 지우고는 분수 두 개를 적었다.

$$\frac{1}{3} \bigcirc \frac{2}{3}$$

"이건 3학년 때 배웠으니까 할 수 있겠지? 이건 동혁이가 풀어 보자."

"네, 이건 $\frac{2}{3}$가 커요. 왜냐하면 전 설명이 어려우니까 그림으로 설명할게요."

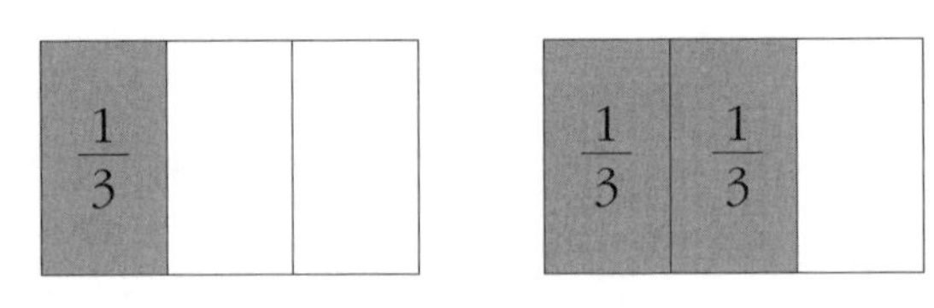

선생님은 동혁이가 그린 그림을 보며 설명을 시작했다.

"동혁이가 잘했네. $\frac{1}{3}$은 전체를 세 부분으로 나눈 것 중에서 한 부분이고, $\frac{2}{3}$는 전체를 세 부분으로 나눈 것 중에서 두 부분이니까 당연히 한 부분보다 두 부분이 더 크지. 동혁이가 그림으로 잘 설명했네. 다음 문제!"

선생님은 다음 문제를 칠판에 적었다.

$$\frac{1}{3} \bigcirc \frac{1}{4}$$

"이건 홍주가 한번 풀어 보자."

"네, 이건 쉽죠. 당연히 $\frac{1}{3}$이 커요."

"그 이유는?"

"선생님께서 강조하셨듯 분수의 뜻을 생각하면 쉽답니다. $\frac{1}{3}$의 뜻은 전체를 세 부분으로 나눈 것 중에서 한 부분이고, $\frac{1}{4}$은 전체를 네 부분으로 나눈 것 중에서 한 부분이기 때문이에요. 똑같은 빵을 세 명이 똑같이 나눠 먹는 거랑 네 명이 똑같이 나눠 먹는 걸 생각하면 쉽죠."

홍주는 자신이 한 대답이 마음에 드는 듯 한껏 커진 목소리로 말했다.

"와~ 홍주 말 잘한다."

동혁이가 엄지손가락을 치켜세웠다.

선생님도 웃으며 고개를 끄덕였다.

"선생님이 분수의 뜻을 꼭 외워 두라고 한 이유를 알겠지? 분수의 크기는 이해한 것 같으니까 오늘은 여기까지. 다음 시간에는 분수의 덧셈과 뺄셈을 배울 거야. 오늘 배운 거 복습! 잊지 말고."

"네~"

9.

분수의 덧셈과 뺄셈, 원리만 알면 끝!

"지난 시간에 공지했듯이 이번 수작은 분수의 덧셈과 뺄셈이야."

선생님은 말이 끝나자마자 칠판에 문제를 적었다.

$$\frac{2}{4}+\frac{1}{4}$$

선생님이 칠판에 문제를 쓰자마자 아이들은 공책에 적고 문제를 풀기 시작했다.

"선생님, 이건 제가 한번 풀어 볼게요."

"그래, 동혁이가 풀어 볼까?"

"답은 $\frac{3}{8}$이에요. 자연수끼리 더할 때도 보면 같은 자리의 수끼리 더하잖아요. 분수도 분모는 분모끼리, 분자는 분자끼리 더했더니 $\frac{3}{8}$이 나왔어요."

"어, 나는 그림으로 그려 봤더니 $\frac{3}{4}$이 나왔는데……. 이상하다."

"그럼, 건희가 나와서 그림으로 그려 볼래? 그림으로 그리면 친구들이 이해하기 쉬울 것 같아."

건희의 대답에 선생님은 손짓하며 말했다.

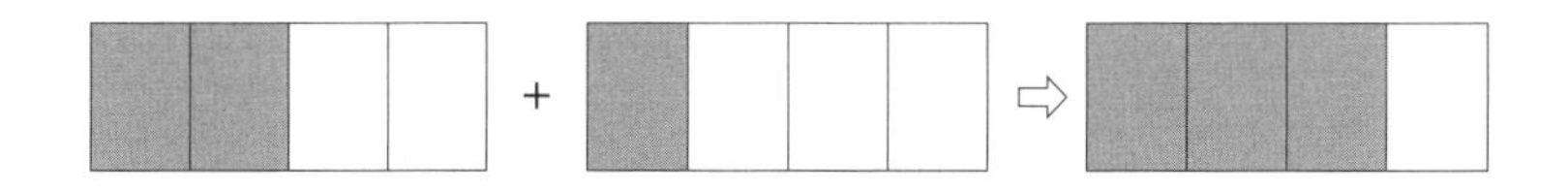

"먼저 $\frac{2}{4}$를 그리고 나서 $\frac{1}{4}$을 더하는 거니까 옆에 한 칸을 더 칠해요. 그럼 전체를 네 부분으로 똑같이 나눈 것 중에서 세 부분이 되는 거니까 $\frac{3}{4}$이 된다고 생각했어요."

"그래, 건희가 설명한 게 맞아. 그림으로 그려 보니까 이해가 쉽지? 잘 이해할 수 없을 때는 건희처럼 그림으로 그려 보는 게 좋아."

"아, 분모가 똑같은 분수의 덧셈은 분모는 그대로 있고 분자끼리만 더하면 되는 거네요?"

"그렇지. 홍주 말이 맞아. 그럼 하나 더 풀어 볼까?"

$$\frac{3}{6}+\frac{2}{6}$$

"이 문제는 쉽네요. $\frac{5}{6}$잖아요."

"그래, 잘 풀었어. 이제 다들 이해했나 보구나. 그런데 이런 분수의 덧셈은 어떨까?"

선생님은 이렇게 말하며 칠판에 문제를 적었다.

$$\frac{4}{6}+\frac{5}{6}$$

"선생님이 알려 주셨던 방법대로 하면 $\frac{9}{6}$인데 뭐가 더 있을 것 같은데요?"

"건희가 예리하네. 분수는 분자보다 분모가 커야 안정적이잖아. 이건 가분수니까 대분수로 고쳐야지. 지난 시간에 가분수를 대분수로 고치는 거 배웠지? 건희가 대분수로 고쳐 보자."

"음…… 우선 $\frac{9}{6}$에서 9에 6이 한 번 들어가니까 1이 자연수로 나오고 남은 3은 분자에 적으면 $1\frac{3}{6}$이에요."

"그래, 맞아. 가분수는 그렇게 고치면 돼. 그럼 이런 분수의 덧셈은 어떻게 풀까?"

$$2\frac{2}{7}+\frac{3}{7}$$

"이건 그림으로 그리면 쉬울 것 같아요. 우선 $2\frac{2}{7}$는 이렇게……."

건희는 말을 멈추고 칠판 앞으로 나와서 그림을 그리기 시작했다.

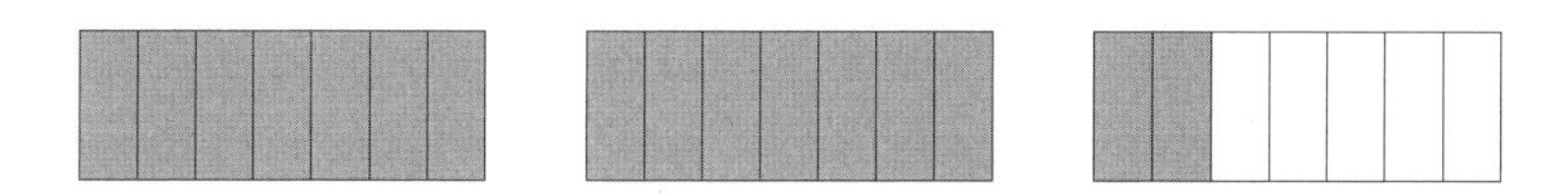

"$2\frac{2}{7}$는 이렇게 그린 뒤 $\frac{3}{7}$을 더해야 하니까 세 칸만 더 칠하면 돼요. 그러면 이렇게 돼요."

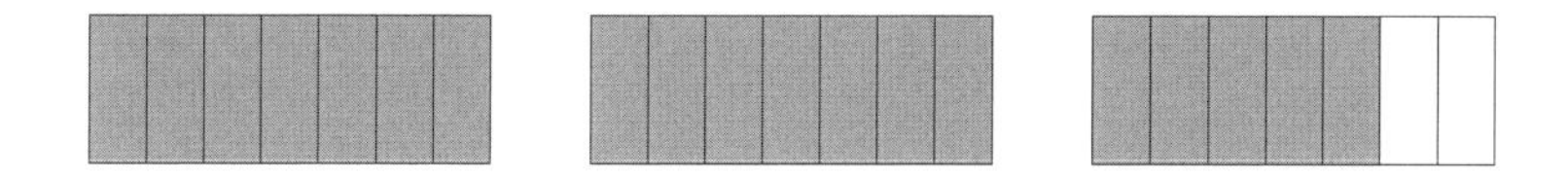

"답은 $2\frac{5}{7}$예요. 맞죠?"

"오~ 건희야, 잘했어. 이제는 분수를 딱 보면 그림이 바로 떠오르나 보구나. 좋아. 그런데 매번 그림을 그릴 수는 없잖아. 건희가 그린 그림을 잘 보면 2는 그대로 있지?"

"네."

"2는 그대로 두고 $\frac{2}{7}$와 $\frac{3}{7}$을 더하면 답이 나온다는 걸 알 수 있어."

"아, 그러네. 그럼 덧셈과 뺄셈이 같은 자릿수끼리 하는 것처럼 분수도 자연수는 자연수끼리, 분수는 분수끼리 더하고 빼면 되겠네요?"

"그렇지. 잘 이해했구나. 이게 다 건희가 그림을 예쁘게 잘 그려 준 덕분이야. 하하."

건희는 쑥스러운 듯 머리를 긁적이며 웃었다.

"선생님, 그럼 이런 분수의 덧셈은 어떻게 풀어요? 제가 나가서 적어 볼게요."

동혁이가 나와서 칠판에 식을 적었다.

$$2\frac{5}{7}+1\frac{4}{7}$$

"그것도 방금 선생님이 알려 준 대로 풀면 되지 않아? 자연수는 자연수끼리, 분수는 분수끼리 더하면 될 것 같은데?"

홍주가 말했다.

"그럼 홍주가 나와서 풀어 볼까?"

"$2\frac{5}{7}+1\frac{4}{7}$에서 자연수인 2와 1을 더하면 3, 분수인 $\frac{5}{7}$와 $\frac{4}{7}$를 더하면 $\frac{9}{7}$가 되잖아. 그럼 답은 $3\frac{9}{7}$가 되지. 어라, 잠깐만. 뭔가 이상한데?"

홍주가 답을 적고 난 뒤에 멈칫하자 동혁이가 말했다.

"나도 그거 때문에 물어본 거야."

선생님은 이어서 말했다.

"자, 홍주의 답을 보자. 2+1을 하면 3, $\frac{5}{7}+\frac{4}{7}$를 하면 $\frac{9}{7}$가 됐잖아. 여기에서 바로 자연수와 분수를 합치지 말고 $\frac{9}{7}$를 대분수로 바꾼 뒤 합치면 돼. $\frac{9}{7}$를 대분수로 바꿔 주면 $1\frac{2}{7}$잖아? 그럼 아까 2+1을 해서 나온 3과 $1\frac{2}{7}$를 합치면 얼마일까?"

"$4\frac{2}{7}$예요."

"그래, 이렇게 풀면 돼. 복잡해 보이지만 다 우리가 배운 걸 찬찬히 생각하면 풀 수 있는 문제야."

"좋아요. 다음 문제!"

선생님 말이 길어지려고 하자 홍주가 손을 높이 들고 소리쳤다.

"선생님 잔소리가 듣기 싫다는 거지? 하하. 좋아, 다음 문제는 분수의 뺄셈이야."

선생님이 웃으면서 칠판에 문제를 적었다.

$$\frac{6}{9}-\frac{2}{9}$$

"선생님, 덧셈 배우고 나니까 너무 쉽네요. 분모가 같은 분수의 빼기니까 분모는 그대로 두고 분자끼리만 빼 주면 되겠네요. 답은

$\frac{4}{9}$ 예요."

"그렇지. 홍주야, 너무 쉽지? 수학은 원래 기초를 잘 이해하고 있으면 그다음 단계는 약간의 노력만 더하면 쉽게 풀 수 있어. 오늘의 선생님 명언. 하하. 미안해, 빨리 다음 문제로 넘어가자."

$$2\frac{5}{8}-1\frac{3}{8}$$

선생님이 칠판에 문제를 적고 나자 바로 동혁이가 손을 들었다.

"어, 동혁아 풀어 볼래?"

"네. 분수의 덧셈을 할 때 자연수는 자연수끼리, 분수는 분수끼리 계산했잖아요. 뺄셈도 그렇게 하면 될 것 같아요. $2-1$은 1이고 $\frac{5}{8}-\frac{3}{8}$은 $\frac{2}{8}$고요. 자연수와 분수를 합치면 $1\frac{2}{8}$입니다."

"잘하네~ 이제 기초는 이해한 것 같으니까 조금 더 어려운 걸 풀어 보자."

$$2-\frac{2}{3}$$

선생님이 칠판에 적은 문제를 보고 아이들은 당황했는지 문제를 적을 생각은 하지 않고 한동안 칠판만 보고 있었다.

그 모습을 잠시 지켜보던 선생님은 입을 뗐다.

"너희들이 그동안 배운 것을 잘 연결한다면 충분히 풀 수 있는 문제야. 선생님이 바로 도와주고 싶지만 그러면 너희가 생각하는 힘을 기를 수 없거든. 시간은 많으니까 기다려 줄게."

"선생님, 제가 한번 풀어 볼게요. 그림을 그리면 풀 수 있을 것 같아요."

"그래? 그럼 분수의 그림 실력자 건희가 풀어 볼까?"

건희가 앞으로 나와서 그림을 그리기 시작했다.

"우선 네모 한 개를 1로 생각하고 똑같은 네모 두 개를 그려요. 그러면 2잖아요."

"그렇지."

"그다음에 $\frac{2}{3}$를 빼야 하는데, $\frac{2}{3}$만큼이 얼마인지 모르니까 네모 중에 한 개를 세 부분으로 똑같이 나누는 거죠. 이렇게요."

"좋아. 가능성이 보인다. 계속해 봐."

"거기서 $\frac{2}{3}$만큼을 빼 주는 거죠. 한 칸이 $\frac{1}{3}$이니까 두 칸을 빼 주면 돼요."

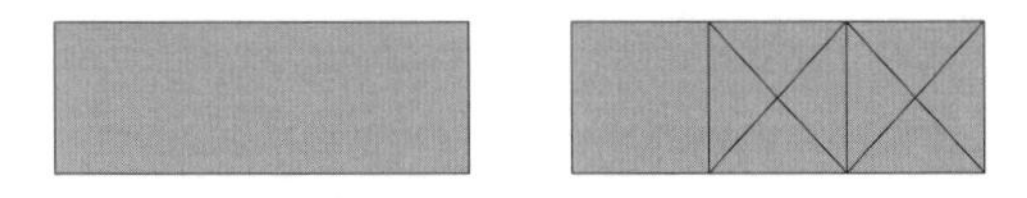

건희는 이어서 말했다.

"그럼 1이랑 $\frac{1}{3}$만큼 남으니까 $1\frac{1}{3}$이 답이에요. 맞아요?"

선생님은 흐뭇한 미소를 지으며 박수를 쳤다.

친구들도 박수를 치며 기뻐했다.

"잘했어. 그런데 매번 이런 분수의 빼기를 할 때마다 그림을 그리기는 귀찮지? 그래서 식을 세워서 문제를 푸는 법을 알려 줄게. 먼저 2를 이렇게 바꿔 주는 거야. 건희가 2 중에서 1은 그대로 두고 나머지 1을 똑같이 세 부분으로 나누었잖아. 그렇다면 1은 분수로 어떻게 나타낼 수 있을까?"

"$\frac{3}{3}$이요. 아, 1은 분모와 분자가 똑같은 분수로 바꿀 수 있다고 하셨죠?"

"맞아. 그러면 2를 $1\frac{3}{3}$으로 바꿀 수 있지. 그다음에는 $1\frac{3}{3}$에서 $\frac{2}{3}$를 빼 주는 거야. 그럼 $1\frac{1}{3}$이 나오지. 어때? 우리가 다 배운 거지? 그럼 이 문제를 바로 풀어 보자. 너희들이 이해했다면 바로 풀 수 있을 거야."

$$5-\frac{3}{8}$$

"우선 5를 $4\frac{8}{8}$로 바꿔 준 뒤 $4\frac{8}{8}-\frac{3}{8}$을 해 주면 답은 $4\frac{5}{8}$네요."

"맞아. 홍주도 이해했구나. 동혁이도 알겠지?"

"네, 저도 이해했어요."

동혁이도 고개를 세게 끄덕이며 대답했다.

"그럼 이제 분수의 뺄셈 마지막 문제야. 이것만 할 수 있으면 4학년 분수 기본 문제는 풀 수 있을 거야."

$$2\frac{2}{9}-1\frac{7}{9}$$

"선생님, 저 이거 풀 수 있겠어요. 이것도 아까처럼 바꿔 주면 되는 것 같은데요. $2\frac{2}{9}$에서 $\frac{2}{9}$는 잠깐 놔두고 2를 $1\frac{9}{9}$로 바꾼 뒤 $1\frac{9}{9}-1\frac{7}{9}$을 해요. 그럼 $\frac{2}{9}$가 되잖아요. 여기에 아까 잠깐 놔둔 $\frac{2}{9}$를 더해 주면 답은 $\frac{4}{9}$ 맞죠?"

"와우~ 홍주야, 대단하다. 너 언제 이렇게 수학 실력이 늘었니? 홍주의 풀이에 선생님이 조금만 첨가를 하자면, 아까 $2\frac{2}{9}$에서 $\frac{2}{9}$는 잠깐 놔두고 2를 $1\frac{9}{9}$로 바꾼다고 했었지? 2를 $1\frac{9}{9}$로 바꾸고 $\frac{2}{9}$도 합쳐서 $1\frac{11}{9}$로 만들어 계산해도 돼. 결론적으로

$1\frac{11}{9}-1\frac{7}{9}$을 해도 $\frac{4}{9}$가 나오지. 이해했니?"

"네."

"좋아. 분수는 여기까지 공부하자. 다음 시간은 소수를 배울 거야. 그럼 다음 시간에 봐."

"안녕히 계세요. 수학 시간이 재미있어도 집에 가는 시간이 더 좋네요. 하하."

"당연하지. 선생님도 너희들하고 똑같아. 너희들과 수작 부리는 시간도 좋은데 집에 가는 시간이 더 좋아. 하하하."

선생님의 웃음소리와 함께 아이들의 웃음소리도 복도에서 점점 흩어지고 있었다.

10.

분수에서 태어난 소수

수업이 끝나고 어수선해진 교실이 어느새 조용해졌다.

홍주, 동혁, 건희는 어느새 친해져 수다를 떨며 자리에 앉아 있었다.

수업이 끝나고 잠깐 밖으로 나갔던 선생님이 교실문을 열고 들어오자 금세 조용해졌다.

"이제 공부할 자세가 됐는걸?"

"저희가 이제 좀 하잖아요. 헤헤."

"공부 좀 한다고 겸손하지 못하구나~"

홍주의 말에 선생님도 웃음기를 머금고 농담을 던졌다.

"오늘은 지난번에 예고한 대로 소수를 배울 거야. 3학년 때 소수를 배웠을 텐데 기억나니?"

"제가 항상 말씀드리지만, 기억은 나요. 계산하는 방법이 생각 안 나서 그렇죠."

홍주의 말에 동혁이와 건희도 킥킥거리며 웃었다.

선생님은 웃음을 참는 듯 한숨을 한 번 쉬고는 말을 이었다.

"소수는 분수가 정확히 얼마인지 알기 위해서 만든 거야. 그래서 3학년 때 분수와 같이 배웠을 거고. 그럼 그림을 보고 분수로 말해 보자. 전체가 1일 때, 1을 똑같이 열 개로 나눈 것 중에 색칠한 부분은 얼마일까?"

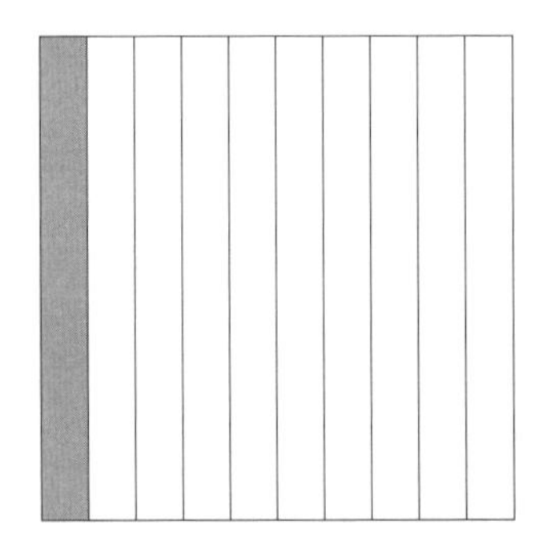

"$\frac{1}{10}$ 이에요. 지난번에 분수를 배워서 이 정도는 쉽죠."

"그래, 홍주야. $\frac{1}{10}$ 을 소수로 0.1이라고 약속하는 거야. 그럼 $\frac{2}{10}$ 는 0.2라고 하고, $\frac{3}{10}$ 은 0.3이 되는 거지. 그럼 1을 더 자를 수

도 있겠지? 이렇게 말이야."

선생님은 칠판에 그려진 그림에 가로로 선을 열 개 그었다.

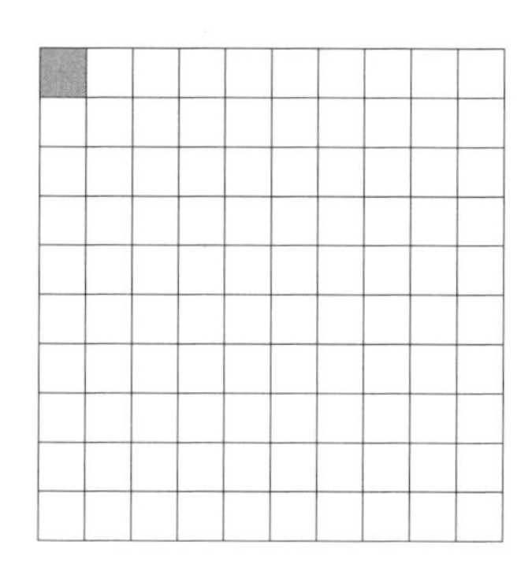

"1을 똑같이 100개로 나눈 것 중에서 한 개는 분수로 얼마일까?"

"$\frac{1}{100}$ 이에요."

"그렇지. $\frac{1}{100}$ 을 소수로 0.01이라고 약속하는 거야. $\frac{2}{100}$ 는 0.02, $\frac{3}{100}$ 은 0.03이 되는 거 이해했지?"

"선생님, 그러면 $\frac{10}{100}$ 은 얼마예요?"

동혁이가 질문했다.

선생님은 좋은 질문이라는 듯 엄지손가락을 위로 추켜올리며 그림을 그렸다.

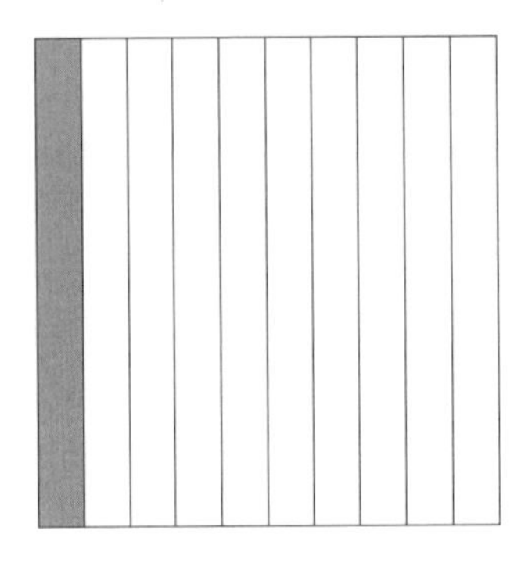 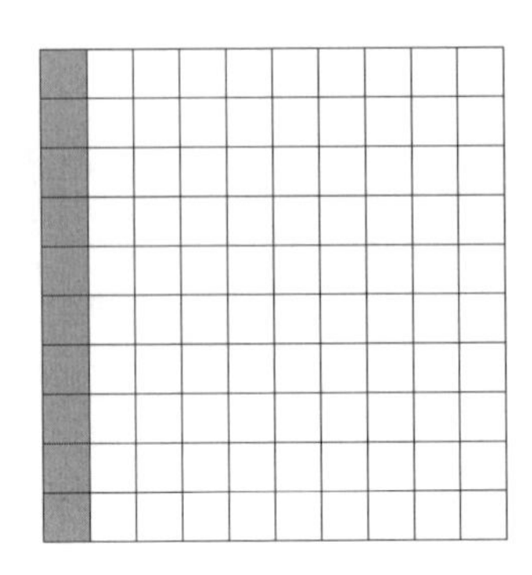

"첫 번째 그림은 전체가 1일 때 색칠한 부분이 $\frac{1}{10}$이니까 소수로 0.1이라고 했지? 두 번째 그림은 분수로 $\frac{10}{100}$을 나타낸 거야. 자, 첫 번째 그림과 비교해 봐. 어때?"

"어, 똑같네요. 그럼 $\frac{10}{100}$도 0.1이에요?"

"그래. 엄밀하게 말하면 0.10이지만 0.1이라고 하지. 자, 0.01이 열 개 있으면 0.1이야. 그럼, 0.01이 20개 있으면 얼마일까?"

"0.20이니까 0.2네요."

"그래, 동혁이도 잘하네. 다른 친구들도 이해했지? 그럼 이것도 할 수 있을 거야. $\frac{1}{1000}$은 소수로 얼마일까?"

"이건 제가 해 볼게요. $\frac{1}{10}$이 0.1이고 $\frac{10}{100}$이 0.01이니까 $\frac{1}{1000}$은 소수로 0.001이죠. 이제 4학년 때 배운 기억이 나요."

"그래, 홍주가 기억난다고 하니 문제를 내 줄게. 홍주가 나와서 분수를 소수로 바꿔 봐. 동혁이랑 건희도 공책에 풀어 보고."

$$\frac{4}{1000} = \qquad \frac{53}{1000} =$$

$$\frac{102}{1000} = \qquad \frac{982}{1000} =$$

친구들은 공책에 문제를 열심히 옮겨 적으며 풀었다.

홍주가 다 풀었는지 칠판으로 성큼성큼 걸어 나왔다.

"선생님, 소수를 처음부터 배워 보니 어렵지 않네요. 이거 맞죠?"

홍주가 선생님이 적은 문제 옆에 답을 적으며 말했다.

$$\frac{4}{1000} = 0.004 \qquad \frac{53}{1000} = 0.053$$

$$\frac{102}{1000} = 0.102 \qquad \frac{982}{1000} = 0.982$$

"응, 잘 풀었어. 선생님이 둘러보니 동혁이랑 건희도 다 맞게 풀었네."

"네. 선생님, 근데 문제를 풀다가 궁금한 게 생각났어요. 가분수가 되면 소수로 어떻게 바꿀 수 있어요? 예를 들어 $\frac{12}{10}$ 같은 거요."

"건희가 좋은 질문을 했구나. $\frac{12}{10}$는 가분수니까 대분수로 바꿀 수 있다고 했지?"

"네, $\frac{12}{10}$를 대분수로 바꾸면 $1\frac{2}{10}$가 되죠."

"그래. 1은 그대로 두고 $\frac{2}{10}$만 소수로 바꿔 봐."

"$\frac{2}{10}$는 소수로 0.2예요."

"그렇지. 0이 있는 자릿수가 일의 자리니까 1을 넣어 주면 1.2가 되는 거야."

이번에는 동혁이가 손을 들고 말했다.

"선생님, 0.2에서 0이 일의 자리라고 하셨잖아요. 그럼 2는 무슨 자리예요? 영점일의 자리인가요?"

"오, 동혁이가 질문 안 했으면 그냥 넘어갈 뻔했네. 0.2에서 2는 소수 첫째 자리라고 하는 거야. 그럼 0.02는 소수 둘째 자리겠지?"

동혁이가 선생님 말이 끝나자마자 다시 질문을 이었다.

"선생님, 그럼 0.2와 0.19는 뭐가 더 큰 수예요? 수가 더 많은 게 큰 수 아닌가요? 조금 헷갈려요."

"동혁이가 예리한 질문을 잘하는구나. 그림으로 알아보자."

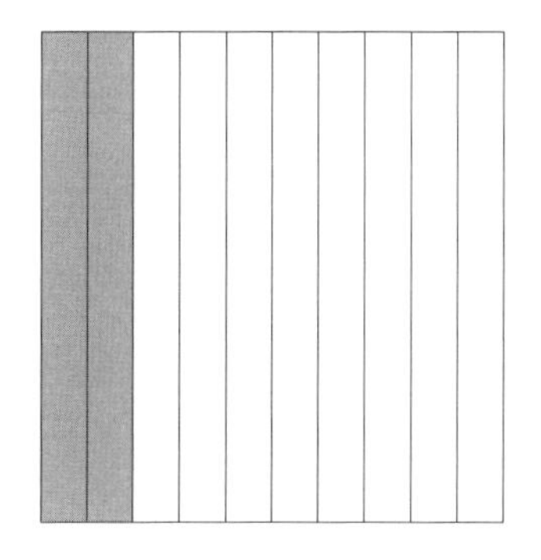
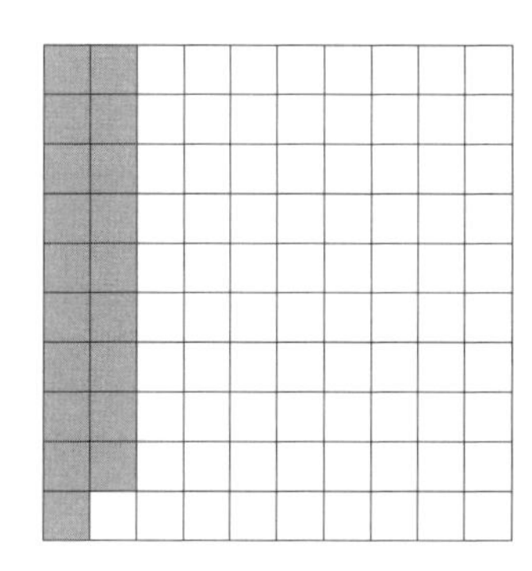

선생님은 칠판에 그림을 그린 뒤 아이들을 보며 말했다.

“자, 첫 번째 그림에서 전체가 1일 때 색칠한 부분은 소수로 얼마일까?”

“0.2예요.”

“그래. 홍주 말대로 0.2야. 그럼 옆에 있는 그림을 보자. 전체가 1일 때 색칠한 부분은 소수로 얼마일까?”

“음, 선생님께서 알려 주신 방법대로 생각하면 0.01이 19개 있으니까 0.19예요.”

“홍주가 선생님 말을 잘 이해했구나. 그럼 어느 것이 더 큰지 알겠지?”

“네, 0.2가 0.19보다 크네요.”

홍주에 이어 건희가 손을 들고 말했다.

“선생님, 그럼 이렇게 해도 될까요? 0.2를 0.20으로 바꿔도 되잖아요. 0.20이랑 0.19를 놓고 같은 자리끼리 비교하면 크기를 쉽게 비교할 수 있을 것 같은데요."

"그렇지. 건희 말대로 하면 이제는 귀찮게 그림을 그리는 수고를 하지 않아도 되겠네. 오늘은 여기까지 배울 거야. 오늘 너희들이 궁금한 것을 많이 질문했잖아. 선생님은 너희들이 질문을 많이 해서 좋아. 질문을 한다는 건 생각하면서 수업을 듣고 있다는 거니까. 수업 시간에도 모르면 꼭 질문해 봐. 모르면서 입 닫고 있는 것보다 훨씬 나으니까 말이야. 알겠지?"

"네!"

"다음 시간에 봐."

11. 수포자 구출 작전의 마지막 미션, 소수의 관계

"오늘은 소수에서 너희들이 어려워했던 걸 배울 거야. 준비됐지?"

선생님 말에 주섬주섬 공책을 꺼내던 아이들이 놀란 눈으로 고개를 들었다.

처음 말을 꺼낸 건 홍주였다.

"선생님, 시작부터 겁주는 거예요?"

"아냐 아냐. 너무 겁먹을 필요는 없어. 수학을 배우면서 어려운 걸 하나둘 알아 가는 재미를 경험하게 하고 싶을 뿐이야. 하하."

선생님은 손사래를 치며 말을 이었다.

"너희들 4학년 때 배운 것 중에서 이런 거 기억나니? 0.1의 10배, 0.01의 $\frac{1}{10}$ 배, 단위 바꾸는 문제 말이야."

"아, 그거 엄청 계산하기 복잡했었는데……."

"그래, 많은 아이가 어려워하지. 자, 시작!"

선생님은 칠판에 문제를 적기 시작했다.

1의 10배는?

1의 100배는?

1의 1000배는?

"에이, 선생님. 또 저희를 얕잡아 보신다. 1의 10배는 10, 1의 100배는 100, 1의 1000배는 1000이잖아요."

"맞아. 그럼 다음 문제."

1000의 $\frac{1}{10}$ 배는?

1000의 $\frac{1}{100}$ 배는?

1000의 $\frac{1}{1000}$ 배는?

"분수가 들어가니 살짝 어려워지네요. 그래도 저희가 배운 게 있으니까 이것도 그렇게 헷갈리지는 않아요. 1000의 $\frac{1}{10}$배라는 건 1000을 똑같이 열 부분으로 나눈 것 중에서 한 부분이라는 뜻이잖아요. 100이네요. 1000의 $\frac{1}{100}$은 10이고요. 1000의 $\frac{1}{1000}$은 1이네요. 왜 이렇게 쉬운 걸 내셨죠?"

"잘 풀었어. 선생님이 가르친 보람이 있구나. 항상 어려운 문제를 풀 때는 가장 기본적인 것을 떠올려야 해. 10배, 100배, 1000배를 하면 수가 커지게 될까? 작아지게 될까?"

"커지게 되죠."

"그렇지, 건희야. 그럼 반대로 $\frac{1}{10}$, $\frac{1}{100}$, $\frac{1}{1000}$을 하면 수가 작아지겠지?"

"네."

선생님은 건희의 대답을 듣고 홍주와 동혁이를 둘러보았다.

다들 이해한 눈치였다.

다시 칠판에 문제를 적기 시작했다.

1의 $\frac{1}{10}$배는 소수로 얼마일까?

"1을 똑같이 열 부분으로 나눈 것 중에서 한 부분이니까 $\frac{1}{10}$이에요. 소수로 바꾸면 0.1이고요."

"오~ 홍주 잘했어. 그럼 다음 문제!"

0.1의 $\frac{1}{10}$배는 소수로 얼마일까?

동혁이가 손을 들었다.

"이건 제가 풀어 볼게요. 0.1을 똑같이 열 부분으로 나눈 것 중에서 한 부분이니까 그림으로 그리면 알 수 있을 것 같아요. 우선 0.1을 그림으로 나타내면 이렇게 돼요."

동혁이가 칠판에 그림을 그렸다.

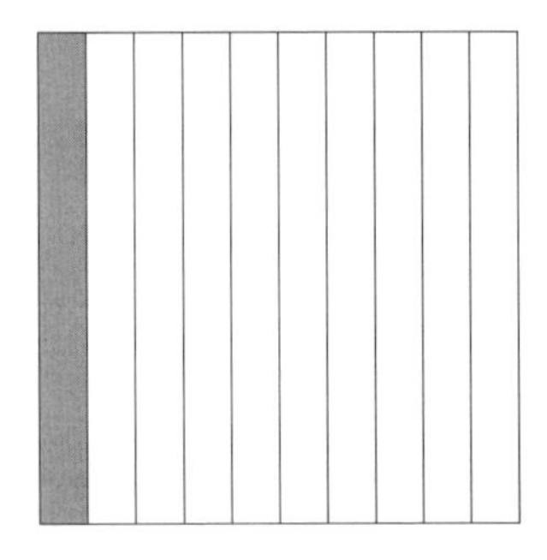

"그다음 다시 이걸 열 개로 나누는 거니까……."

동혁이는 말을 멈추고 그림을 그리는 것에 집중했다.

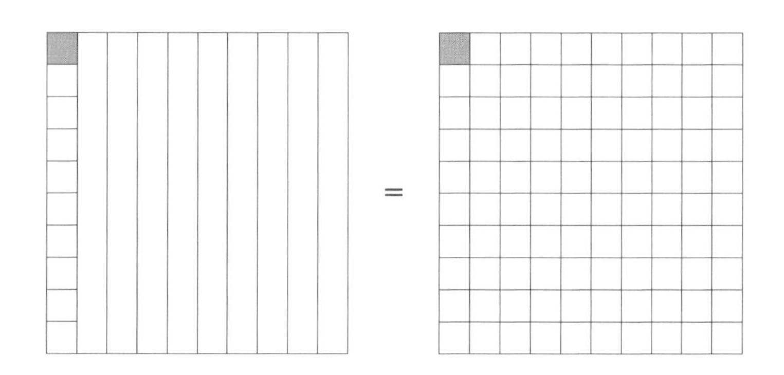

"1을 100개로 나눈 것 중에 하나 하고 똑같아요. 그래서 답은 $\frac{1}{100}$, 소수로는 0.01이에요."

선생님은 동혁이가 한 설명을 듣고 만족한 듯 박수를 치며 말했다.

"그림이랑 설명까지 완벽했어. 잘했다."

"선생님, 그럼 0.01의 $\frac{1}{10}$은 0.001이겠네요. 어떤 수의 $\frac{1}{10}$배씩 작아질수록 소수점 뒤에 0이 하나씩 늘어나는 규칙을 발견했어요."

"그래. 홍주야, 굿!"

"또 1의 $\frac{1}{100}$은 0.01이고 1의 $\frac{1}{1000}$은 0.001이네요. 0.01이 100개 있으면 1이니까 0.01의 100배는 1이고, 0.001의 1000배도 1이고요."

"건희도 잘하는데~"

"그래, 그렇게 이해한 뒤에는 해야 할 게 있어. 계산할 때마다 뜻을 생각하고 정리하려면 번거롭기도 하니까 규칙을 외우는 거야. 사실 이해한 걸 기억하는 것에 가깝지만 말이야."

"네, 외우는 것도 필요한 것 같아요. 지난번에 곱셈과 나눗셈 의미를 외웠더니 의외로 많이 도움이 되더라고요."

"그래, 맞아. 수학식 의미를 정확히 기억하고 있어야 그 식을 이용한 더 복잡한 식도 해결할 수 있는 거야. 자, 그럼 1이라는 수가 있어. 1의 $\frac{1}{10}$배는 0.1이고, 0.1의 $\frac{1}{10}$배는 0.01이잖아. 그리고 0.01의 $\frac{1}{10}$배는 0.001 맞지?"

"네."

"그럼 $\frac{1}{10}$배씩 할수록 달라지는 게 뭐지?"

"1을 기준으로 해서 소수점이 한 칸씩 왼쪽으로 이동해요. 그럼 1의 $\frac{1}{100}$배는 소수점이 두 칸, 1의 $\frac{1}{1000}$배는 소수점이 세 칸 왼쪽으로 이동하겠네요."

"그래, 그럼 이쯤에서 문제를 내 볼게. 3이 있어. 3의 $\frac{1}{10}$배는 얼마일까?"

홍주가 손을 들며 말했다.

"선생님, 제가 풀어 볼게요. $\frac{1}{10}$배면 작아지는 거니까 소수점이 한 칸 왼쪽으로 이동해야 해요. 0.3이 되네요. 규칙을 발견하니까 그림을 그리지 않아도 되니 완전 편해요."

"그래, 잘했어. 반대로 10배, 100배, 1000배 커지는 건 소수점이 한 칸씩 오른쪽으로 이동하는 거야. 예를 들어 0.001의 10배는 0.01, 0.001의 100배는 0.1, 0.001의 1000배는 1이 되는 거지. 무슨 말인지 알겠지?"

"선생님, 질문 있어요. 0.001의 10배를 하면 소수점이 한 칸 오른쪽으로 이동한다고 하셨는데 그러면 00.01이 되는데 왜 0.01이라고 해요?"

"오, 좋은 질문이야. 동혁아, 0이랑 00이랑 차이가 뭘까? 어차피 0이니까 0은 한 개가 있든 100개가 있든 0이잖아. 그래서 그냥 한 개만 써 주는 거야. 이해했니?"

"네, 선생님. 이제 이해했어요."

"그래, 좋아. 그럼 아이들이 어려워하는 또 다른 문제에 도전해 볼래?"

"네, 이제는 어려운 것도 해 볼만 한 것 같아요. 헤헤."

"그래, 이제는 너희들이 수학에 대한 막연한 두려움을 떨쳐 낸 것 같다. 바로 문제 풀이로 들어가 볼까? 곰곰이 생각해 봐야 할 거야."

3g은 몇 kg일까?
24mL는 몇 L일까?
40cm는 몇 m일까?

"악! 단위 바꾸는 문제 제일 싫어요."

홍주가 비명을 지르며 말했고, 동혁이와 건희도 옅은 한숨을 쉬는 소리가 들렸다.

아이들을 둘러보던 선생님은 잠깐 고민하더니 말했다.

"그럼 선생님이랑 한 문제만 같이 풀어 보자. 오늘 배운 걸 잘 생각해 보면 충분히 풀 수 있는 문제야. 우선 단위부터 알아야 해. 이건 약속이니까 당연히 암기해야 하는 거 알지?"

"네."

"1kg은 몇 g일까?"

"1000g이요."

"그래 건희야, 잘했어. 그럼 1g이 1000개 있어야 1kg이 되겠지. 그럼 반대로 1g은 몇 kg이겠니?"

"1kg을 똑같이 1000개로 나눈 것 중에 한 개니까 $\frac{1}{1000}$kg이네요."

"1g이 $\frac{1}{1000}$kg이라면 3g은 몇 kg일까?"

"3g은 1g이 세 개 있으면 되니까 $\frac{3}{1000}$kg이에요."

"그럼 $\frac{3}{1000}$을 소수로 바꾸면 되겠네. $\frac{3}{1000}$은 소수로 얼마일까?"

"$\frac{1}{1000}$이 0.001이니까 $\frac{3}{1000}$은 0.003이에요. 결론은 3g은 0.003kg인 거네요."

"정답! 지금은 건희랑 선생님이랑 대화하면서 풀어 봤는데 나머지는 혼자서도 할 수 있겠지?"

"와, 이렇게 푸는구나. 이제 알겠어요. 쉽네."

"선생님이랑 같이할 때는 쉬워 보여도 혼자 할 때는 다를걸? 오늘 배운 걸 잘 생각하면서 혼자 한번 풀어 보고 와. 수학은 혼자 이리저리 고민하며 풀어 보는 과정에서 실력이 느는 거니까. 그럼 오늘 수업 끝!"

| 에필로그 |

그래도 수학은 답이 있잖아

수요일 1교시 수학 시간, 선생님 손에는 단원평가 시험지가 들려 있었다.

선생님은 헛기침을 한 번 한 뒤 낮은 목소리로 말했다.

"자, 필기도구만 꺼내 놓고 다른 건 다 집어넣어라. 지난 시간에 예고한 대로 단원평가 볼 테니까."

"1교시부터 시험이에요? 마음의 준비를 할 시간은 주셔야 하는 거 아닌가요?"

홍주가 입을 삐죽거리며 말했다.

"에이~ 홍주가 준비 많이 했다는 소문을 선생님이 이미 접수했는데, 이거 왜 이래?"

"그렇게 선생님이 기대하셨다가 실망하실까 봐 걱정돼서 그러죠."

"이번에는 뭔가 홍주가 일낼 것 같다. 선생님은 그렇게 믿고 있어."

"그런 말씀 마세요. 괜히 더 걱정되니까 말이에요."

홍주가 두 손을 들고 손사래를 치자 교실 곳곳에서 아이들이 키득거렸다.

선생님은 웃는 아이들에게 눈을 흘기고는 홍주를 보고 옅게 웃어 보였다.

시험지를 받아 든 아이들은 누구랄 것도 없이 고개를 숙이고 문제를 훑어보기 시작했다.

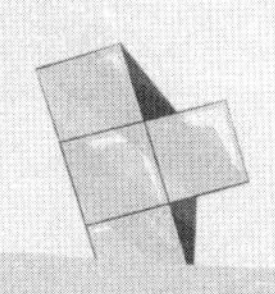

금세 조용해진 교실은 사각사각 연필 소리로 채워지고 있었다.

선생님은 아이들 주변을 둘러보다 유독 홍주, 동혁, 건희 근처에서 오래 서 있었다.

수업 시간이 끝나고, 선생님은 '수작'에 참여한 홍주, 동혁, 건희를 불러서 모여 앉게 했다.

선생님도 의자를 가지고 와서 아이들 곁에 앉으며 말했다.

"애들아, 오늘 수학 문제 풀어 보니 어렵지 않았어?"

"선생님이랑 풀 때는 쉬웠는데 막상 시험지를 받고 문제를 보니까 막막하더라고요. 근데 보충 수업을 한 게 도움이 된 것 같아요. 선생님께서 알려 주신 방법대로 곰곰이 생각하다 보니까 스스로 풀 수 있는 게 조금씩 보이더라고요."

동혁이는 조금 상기된 표정이었다.

선생님은 동혁이 머리를 쓰다듬더니 건희에게 다가가 말했다.

"선생님은 오늘 건희 시험지를 보고 놀랐어. 예전에 시험 볼 때는 아무것도 안 쓰고 냈었던 거 기억나지?"

"네."

"오늘은 건희 시험지 곳곳에 열심히 푼 흔적이 보이더라. 선생님이 건희 시험지를 채점할 수 있어서 감동이었지."

"음, 풀어야 할 이유가 있으니까요."

"풀어야 할 이유?"

한참을 고민한 뒤 꺼낸 건희의 말을 선생님이 되물었다.

"예전에 학원에서 문제를 풀 때는 선생님이 알려 주는 공식을 외워서 답만 구하면 된다고 했어요. 진도를 빨리 나가려면 어쩔 수 없다고요. 저는 왜 그렇게 풀어야 하는지 궁금했는데 친구들은 아무도 궁금해 하지 않았어요. 그런데 이제는 왜 그렇게 푸는지 이유를 알고 나니까 문제를 보면 풀고 싶더라고요."

"그런 이유가 있었구나. 어쨌든 다시 돌아와 줘서 고마워."

건희는 선생님 말에 쑥스러운 듯 머리를 긁적거렸다.

선생님은 이어서 말했다.

"선생님이 오늘 전담 시간에 단원평가 성적표를 매겼는데 너희

들에게 먼저 보여 주고 싶어서 가지고 왔어. 먼저 건희!"

건희는 자기 이름이 불리자 고개를 들었다.

"건희는 열 문제 중에서 한 문제 틀렸네. 근데 좀 아까웠어. 쉬운 걸 틀렸거든. 가져가서 다시 풀어 봐."

건희는 덤덤하게 나와서 시험지를 받았고, 틀린 문제를 보고는 옅은 한숨을 쉬었다.

건희 모습을 본 홍주와 동혁이도 덩달아 긴 숨을 내쉬며 기도하듯 두 손을 모아 쥐고 있었다.

"다음은 홍주. 홍주 시험지를 채점하면서 선생님이 깜짝 놀랐잖아. 홍주도 한 문제 틀렸는데 가장 어려운 문제를 틀렸어. 그래도 정말 놀라운 발전이야. 이제는 부모님께 자신 있게 시험지 보여 드려도 될 것 같은데?"

홍주는 앞으로 나오다가 선생님이 하는 말을 듣고 "와! 정말요? 야호!" 하고 소리를 지르며 폴짝폴짝 뛰었다.

자리로 돌아가는 홍주의 뒷모습을 보고 웃던 선생님은 웃음기를 거두고 말을 이었다.

"마지막으로 동혁이, 동혁이는 문제를 어떻게 풀었기에 이런 점수를 받았지?"

선생님의 낮은 목소리에 동혁이는 놀란 눈으로 선생님을 한 번

바라보고는 고개를 푹 숙였다.

"어떻게 하면 다 맞을 수 있냐는 말이야."

웃음을 가득 머금은 선생님 말에 건희와 홍주는 동혁이를 쳐다보았고, 동혁이는 고개를 들고 다시 한 번 눈이 동그래져서 선생님을 보았다.

"제가 다 맞았다고요?"

"응, 다 맞았어. 동혁이 공부 많이 했더라. 처음에 동혁이 네가 한 말 기억나니? 학원을 안 다니고 너 혼자서 공부해서 수학 시험 100점 맞고 싶다고 했던 거 말이야."

동혁이는 마음이 벅차오르는지 아무 말도 하지 못하고 고개만 연신 끄덕였다.

선생님은 시험지를 받으러 나온 동혁이 어깨를 토닥여 주었다.

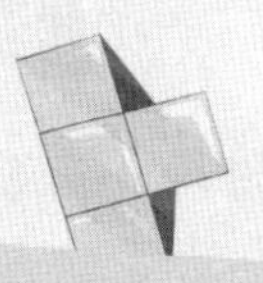

자리로 돌아간 동혁이는 믿기지 않는지 시험지를 멍하니 보고 있었다.

“근데, 선생님이랑 이렇게 같이 풀면 쉬운데 혼자 하려고 하면 왜 그렇게 어려울까요?”

“홍주가 아주 중요한 질문을 했어. 왜 선생님이랑 같이 풀면 쉬운데 혼자서 풀면 어려운 걸까?”

“그건 선생님이 유난히 어려운 문제를 숙제로 내 주시는 거 아닐까요? 우리 골탕 먹이시려고요.”

“하하. 그건 아니고 선생님이랑 할 때는 문제를 해결하는 과정을 선생님이 안내해 주기 때문이야. 예를 들어 너희가 처음 가 보는 길을 그 동네 사람과 같이 가면 어렵지 않게 갈 수 있잖아? 근데 그 사람이 없을 때 혼자서 가 보려고 하면 처음과는 달리 어렵겠지? 반면 혼자서 지도를 보거나 다른 사람에게 물어보며 찾아간 사람은 다음에 혼자 갈 때도 쉽게 찾을 수 있겠지? 수학도 그런 거야. 그래서 혼자서 해결해 보라고 숙제를 내 주는 거란다. 알겠니?”

“길을 찾는 것을 예로 들어 설명해 주시니까 이해가 잘 되네요.”

동혁이가 고개를 끄덕이며 말했다.

"선생님이 생각하는 수학을 배워야 하는 중요한 이유 중 한 가지는 논리적으로 생각하는 힘을 기를 수 있기 때문이라고 생각해."

"논리적으로 생각하는 힘이요?"

"응. 이 문제를 풀기 위해 어떤 과정을 거치면 될지 판단하는 게 중요해. 내가 생각한 풀이 과정이 틀렸다면 어디서부터 잘못되었는지 찾고 고쳐서 정답을 알아내는 것 등이 논리적으로 생각하는 힘을 기르는 데 도움이 되는 거야."

"그럼, 문제를 스스로 풀려고 노력하는 수밖에 없겠네요."

"맞아. 이건 스스로 생각하는 수밖에 없어. 하나의 문제를 보고 어려운지, 쉬운지만 판단하고 어려우면 '에이, 몰라' 하면서 끝내잖아? 그럼 절대로 수학을 잘할 수 없어. 어떻게 하면 이 문제를 풀 수 있을까? 이리저리 고민하고 배운 내용 중에서 이 문제를 푸

는 데 쓸 수 있는 것들을 생각하다 보면 번뜩이는 아이디어가 떠오르기도 해. 그렇게 어려운 문제의 정답을 맞히면 하늘을 날아갈 듯 기쁘고 뿌듯하지. 선생님은 그게 수학이 주는 선물이라고 생각해. 너희들도 그걸 느꼈으면 좋겠다. 오늘은 처음부터 선생님 잔소리가 좀 길었지?"

"아니에요. 선생님, 무슨 말씀인지 이해돼요. 근데 왠지 오늘이 꼭 수작 모임 마지막인 것처럼 이야기하시네요. 수업할 준비도 안 하시고……."

"마지막이라니, 이제 시작인데……. 너희들이 수작 모이자고 하면 언제든 다시 모일 거야. 이 정도면 그렇게 어려워하는 5학년 수학에도 조금은 적응할 수 있지 않을까 해서……. 공식적인 모임은 여기까지지만 너희들이 원한다면 매일 모일 수도 있지. 하하."

"아, 아니에요. 이제 우리도 선생님께서 말씀하신 것처럼 수학이 주는 선물을 스스로 느껴 보고 싶어요. 너희들도 그, 그렇지?"

홍주가 말까지 더듬으며 두 손으로 손사래를 쳤다.

"네, 저는 모르는 걸 마음 놓고 질문할 수 있어서 좋았어요. 이제는 수업 시간에도 궁금한 게 있으면 질문할 수 있을 것 같아요."

"오~ 물론이지. 지금까지 했던 것처럼 예리한 질문 부탁합니다."

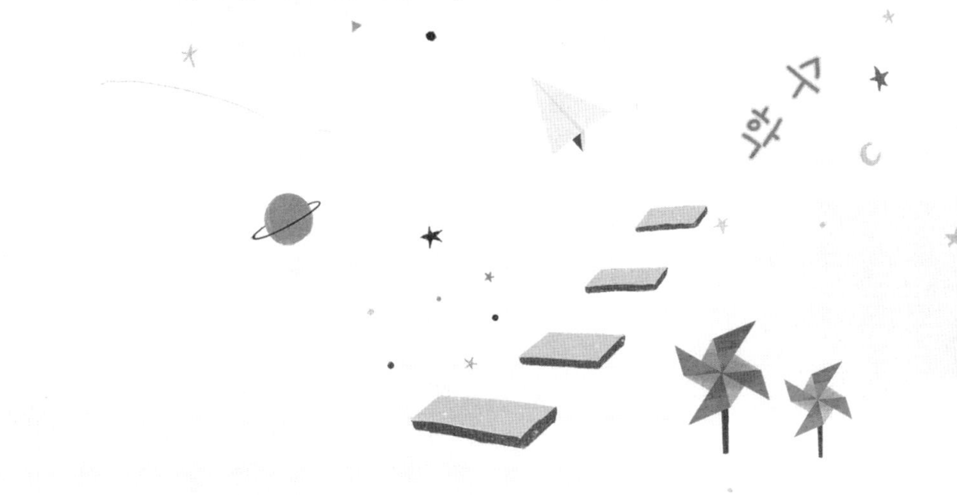

건희 말에 선생님은 손을 공손히 모으고 고개를 숙이며 말했다.

"전, 수학을 혼자서 공부하는 게 어려워서 싫었어요. 근데 수작 모임을 하고 처음부터 차근차근 배우다 보니까 은근 재미있더라고요. 다른 과목들은 답이 애매한 것도 많은데 수학은 답이 정해져 있잖아요. 수학은 그게 매력인 것 같아요. 이제 혼자서도 공부할 수 있을 것 같아요. 모르면 선생님께도 여쭤볼게요."

"그래, 동혁이가 수학에 재미를 더 붙이면 좋겠다. 선생님도 수학에는 답이 있어서 좋더라. 살다 보면 답이 없는 게 대부분이어서 가끔은 답이 정해져 있는 수학이 쉬울 때가 있더라고. 어쨌든, 다들 남아서 공부하느라 고생 많았고 열심히 해 줘서 선생님이 오히려 고맙다. 오늘은 단원평가지만 다음 주에 수행평가 보니까 준비 잘해야 한다. 그런 의미에서 오늘은 간식을 준비했지."

선생님은 복도 쪽 창문을 바라보며 말했다.

창문 밖에는 낯선 어른이 교실을 보며 서성이고 있었다.

선생님은 교실 문을 열고 나가서 배달 음식을 받아 들고는 꽤 긴 시간 동안 이야기를 하고 교실로 들어왔다.

"동혁이네 부모님께서 떡볶이집을 하시는구나?"

"네."

동혁이는 부끄러운 듯 고개를 숙이고 조그맣게 대답했다.

"네~ 맞아요. 저도 지민이랑 미희랑 떡볶이 먹으러 자주 가요. 예전부터 가던 단골집인데, 진짜 맛있어요. 예전에는 배달을 안 해서 집에서 못 시켜 먹었는데 이제 집에서도 시켜 먹을 수 있겠네."

"응. 얼마 전부터 배달 시작했어."

"선생님도 너희 주려고 학교 근처 분식집을 알아보다가 오래전부터 학교 앞에 있던 분식집이길래 배달을 시켰지. 근데 동혁이 아버님이 배달을 오셨더라. 요즘 동혁이가 수학 열심히 공부한다고 서비스로 튀김까지 넣어 주셨네. 동혁이에게 대신 고맙다고 인사하고 많이 먹어라."

비닐봉지를 뜯으니 튀김 냄새와 떡볶이 냄새가 코끝을 자극했다.

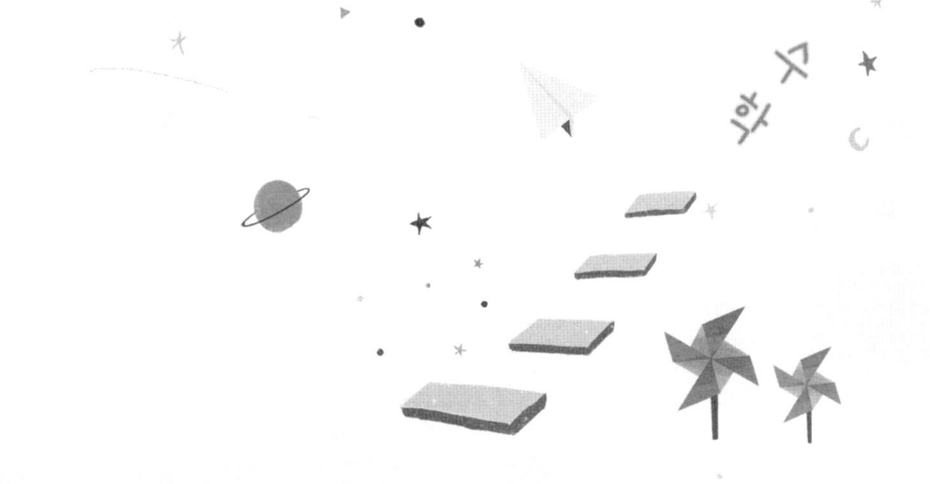

아이들은 환호성을 지르며 기뻐했다.

"와~ 고마워. 동혁아."

"잘 먹을게."

"으, 응. 선생님, 저도 잘 먹겠습니다."

선생님이 떡볶이가 들어 있는 플라스틱 뚜껑을 뜯자 누가 먼저랄 것도 없이 집어서는 후후 불며 입으로 넣었다.

선생님은 흐뭇하게 웃으며 아이들의 모습을 지켜보았다.

창밖에는 어느새 뜨거워진 6월의 햇살이 교실로 발을 들이밀고 있었다.

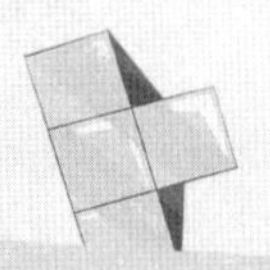

| 작가의 말 |

수학을 못했던 어린 시절의 나를 기억하며

어렸을 때 나는 수학을 참 못하는 아이였다.

특히 나눗셈이 어려웠다.

학원을 다니면 도움이 될까 기대하셨던 부모님은 학원을 등록해 주셨다.

나는 학원에서도 나눗셈을 못하는 아이였다.

학원에서도 나눗셈을 왜 그렇게 푸는지 설명해 주지 않고 세로셈으로 푸는 방법만 가르쳐 주었다.

나눗셈을 왜 그렇게 풀어야 하는지 궁금했지만 나만 모르는 것 같아 부끄러워서 손을 들고 질문하지 못했다.

이해하지 못하는 내 잘못인 것 같았다.

아무도 손을 들고 질문하지 않았으니까…….

나와 친한 친구 중에 수학을 잘하는 친구가 있었다.

그 친구가 어려운 나눗셈을 척척 풀어내는 것이 신기하기도 하고 질투가 나기도 했다.

자존심이 상했던 나는 집에 와서 학원에서는 꼭꼭 숨겨 놓았던 질문을 꺼내 놓고 혼자서 끙끙 앓으며 나눗셈을 이해하려 애썼다.

생각해 보면 나는 홍주였고, 동혁이었고, 건희였다.

그 당시를 떠올리면 어렴풋이 기억나는 것이 있다.

나는 어렸을 때부터 선생님이 꿈이었는데, 선생님이 되면 반드시 나처럼 수학을 못하고 어려워하는 아이들이 이해하기 쉽게 가르치고 싶다고 생각했다.

그때부터 십여 년이 지나 교사가 되었고, 교사가 된 지 20년 가까이 지난 지금은 어떨까?

지금도 여전히 아이들은 수학을 힘들어 하고 어려워한다.

아이들은 왜 이렇게 수학을 어려워하는 것일까?

무엇이 아이들을 힘들게 하는 것일까?

그 질문으로 들어가면 어린 시절 수학 때문에 힘들었던 나를 만난다.

나눗셈 한 문제에 낑낑대던 초등학생의 나를 떠올리며 고민한다.

어떻게 하면 아이들에게 생각하고 이해하는 수학을 알려 줄 수 있을까 하는 고민.

어른이 되어 보니 수학은 배울 가치가 무궁무진한 과목이다.

그런데 이렇게 배울 가치가 무궁무진한 수학을 우리들은 왜 그리 어려워할까?

선행학습 때문일까?

선생님이 수학을 재미없게 가르쳐서 그럴까?

혹시 문제를 마구 구겨 넣기 때문은 아닐까?

이 책은 이런 고민에서 시작되었다.

제자 중에서 정말 수학을 싫어하고 어려워하는 아이들과 수학 공부를 시작했다.

그 아이들이 수학에 흥미를 느끼고 재미있어 하는 모습을 보면서 그 과정을 글로 남기고 싶었다.

이 책의 등장인물인 홍주, 동혁, 건희가 그랬던 것처럼 수학을 싫어하는 이유는 다양하지만, 수학을 좋아하게 되는 이유는 비슷하다.

바로 문제를 해결하는 원리를 생각하고 이해하는 것이 의외로 재미있다고 느끼게 된 것이다.

이 책을 만난 우리 아이들이 마지막 장을 덮을 때쯤에는 수학을 공부하고 싶은 마음이 들면 좋겠다.

그것으로 이 책의 목적은 충분히 이루었다고 생각한다.

조욱

수학상담실, 연산을 부탁해